D1323551

LA SORCIÈRE
DE LA LANDE

Florence HURD

LA SORCIÈRE DE LA LANDE

(*Curse of the Moors*)

ROMAN

LES EDITIONS MONDIALES
2, rue des Italiens — PARIS-9e

ISBN N° 2-7074-3385-3

CHAPITRE PREMIER

Mes geôliers m'ont appris que j'étais condamnée à mort. Ceux qui auraient pu me secourir sont loin et ignorent la détresse dans laquelle je me trouve. Il est vain de scruter l'horizon, d'espérer une intervention, une aide. « Sorcière », m'avait-on même appelée. « Ensorceleuse... » chuchotaient-ils entre eux. « Ah ! savez-vous qu'elle a la réputation d'être la sorcière de la lande ? » avait dit l'un d'eux. C'était faux ! Tout cela était faux ! Dieu m'est témoin que je ne suis pas une sorcière... Je n'ai aucun pouvoir magique et je n'ai pas le « mauvais œil », ni aucune affinité avec Satan ! Il m'arrive de faire des rêves prémonitoires, cela, je ne le nie pas. De même, je comprends les animaux. Mais cela suffit-il à faire de moi une fille de Satan ?... Et pourtant on m'avait accusée de sorcellerie ! Comment aurais-je imaginé que cela pût arriver ?

Pendant les longues heures d'anxiété, j'avais beaucoup de temps pour méditer. Mes pensées s'orientaient plus volontiers vers mes jeunes années, vers ma grand-mère. Comme j'aurais souhaité qu'elle fût à mes côtés, alors ! Car je commençais à sentir que bientôt je n'aurais plus assez de force et d'astuce pour combattre mes ennemis. Peut-être eût-elle été déçue par mon manque de courage, elle qui m'avait enseigné à n'avoir peur de rien ni de personne. Mais comment affronter la mort avec sérénité ?... Comment accepter sa fin quand on a si peu vécu et que l'on a dix-huit ans à peine ?... Grand-mère elle-même n'aurait sans doute pas pu me donner la réponse et pourtant elle connaissait un certain nombre de choses, par exemple les lois de la nature, le nom des étoiles et celui de la plus insignifiante des plantes qui poussaient sur la lande. C'est elle qui m'a appris à lire et à écrire, à cuisiner et à coudre. Elle représentait toute ma famille : je n'ai en effet aucune souvenance de mes parents. Ma mère est morte alors que j'avais deux jours. Incapable de s'occuper d'un bébé affamé qui ne cessait de crier, mon père m'avait transportée chez sa mère, qui habitait une petite maison isolée sur la lande, à cinq *miles* (*) du village de Byrnne. Il mourut l'année suivante : il fut tué au cours d'une rixe, dans une taverne de Londres.

En ces tendres jours de mon enfance, je ne m'étais guère préoccupée de savoir d'où je venais ; il me suffisait de m'éveiller chaque matin à l'odeur forte du café qui mijotait dans l'âtre, aux petits coups rythmés de la tige d'une rose grimpante contre la fenêtre, et au son de la voix de grand-mère, gentiment pressante : « C'est l'heure de se lever, Zillah ! »

Qu'importaient les ennuyeuses corvées ménagères dont je devais m'acquitter, alors qu'en guise

---

* Mesure anglo-saxone, le *mile* vaut 1 609 mètres.

de récompense j'avais toute latitude de parcourir la lande à poney.

Il y avait toujours quelque chose à découvrir, selon que la pluie cinglât la lande, que celle-ci se recouvrît de lavandes en fleur ou encore qu'elle s'assoupît sous le soleil.

Grand-mère était renommée pour ses breuvages à base de plantes et ses onguents ; aussi, bien que nous vécussions seules, à plusieurs *miles* de la première habitation, nous avions souvent de la visite. Il s'agissait en général d'une femme, et quelquefois de deux, qui arrivaient ensemble. On les recevait toujours dans une pièce qui, ainsi que ma chambre, faisait partie d'un petit bâtiment accolé à la maison.

Pour soulager les maux, grand-mère ne jurait que par les plantes, mais elle ne croyait pas à l'efficacité des philtres d'amour. Je me rappelle combien elle avait ri, le jour où la fille du maire était sortie de chez elle, une fiole précieusement dissimulée sous son manteau. « Il lui faudrait bien plus que cela pour " attraper " John Higgins ! » s'était-elle écriée. Pourtant, elle ne voyait aucun inconvénient à ce que la fille du maire y crût. « Si ça lui donne le courage de continuer à le poursuivre, pourquoi pas ? » avait-elle ajouté.

Je devais avoir huit ou neuf ans lorsque je commençai à lui poser des questions qu'elle prenait d'ordinaire le soin d'éviter...

Ce jour-là nous nous étions rendues à Byrnne pour faire quelques provisions, et grand-mère m'avait laissée dehors, dans la charrette, quand un petit garçon qui portait une casquette rouge tricotée me lança : « Hou ! hou ! » Je fus plutôt surprise de le voir debout sur le marchepied, les yeux fixés sur moi, car les enfants du bourg, pour des raisons que je ne pouvais comprendre, nous fuyaient d'habitude.

— Es-tu la fille de la Gitane ? demanda-t-il en me considérant de ses yeux pâles et ronds.

Ne sachant que dire, je ne répondis pas.

— Veux-tu me dire la bonne aventure ?

Il me tendit une main très sale. J'avais déjà observé grand-mère quand elle lisait dans les lignes de la main, aussi je m'emparai de celle-ci et l'examinai attentivement comme je l'avais vu faire.

Puis, d'une voix grave, je dis :

— Je vois une longue vie devant toi, un voyage et beaucoup d'aventures. Un jour, tu rencontreras une jolie dame blonde aux yeux bleus qui deviendra ta femme.

A ces mots, il retira précipitamment sa main.

— Je n'ai pas besoin d'une femme ! s'écria-t-il avec colère. Je veux simplement être un sujet de Sa Majesté la reine ! Tu mens, espèce de Bohémienne !...

Il me couvrit d'injures et disparut en courant.

Grand-mère sortit de la boutique. Dès qu'elle fut assise dans la charrette, je lui demandai :

— Sommes-nous des Bohémiennes ?

Elle me lança un regard foudroyant.

— Mais, pas du tout !

— Alors qui sommes-nous ? J'ai remarqué que nous ne parlions pas comme tout le monde.

— C'est parce que nous avons de l'instruction.

— Est-ce que mon père était instruit ?... Et ma mère ?

Comme la plupart des enfants solitaires, j'imaginais quelquefois que j'étais une enfant trouvée et que mes véritables parents étaient en fait un prince et une princesse régnant sur un fabuleux et inaccessible royaume. Grand-mère chassa définitivement cette idée en me racontant pour la première fois qui étaient mes parents et dans quelles circonstances ils étaient morts. Comme j'avais demandé quel était le nom de ma mère, elle répondit :

— Winifred Beckwitt.

Nous descendions une rue mal pavée, elle claqua de la langue pour activer le trot du poney.

— Et son papa et sa maman, à elle ?

— Ils sont morts bien avant que tu ne sois née.

Tout cela était triste et décevant...

Tandis que nous roulions, je songeais à ces inconnus qui avaient été mes parents. Grand-mère m'ébouriffa les cheveux du bout des doigts.

— Laisse cela, petite !... Voyons, j'ai une affaire à régler avec le notaire, monsieur Combs. Si tu es gentille, je suis sûre que madame Combs t'offrira le thé pendant que tu m'attendras.

Jack Combs était très âgé, il ne remplissait plus réellement ses fonctions depuis qu'il avait comme associé un homme d'affaires assez jeune. Néanmoins c'était toujours à lui que grand-mère faisait appel. C'était le seul ami qu'elle eût à Byrnne et de temps à autre elle lui rendait une petite visite. Quelles raisons particulières pouvait-elle avoir de s'entretenir avec lui, je ne le lui ai jamais demandé ; cela me semblait d'ailleurs sans importance, peut-être parce que sa femme, une bonne créature replète et joviale au visage plissé comme une pomme, m'intéressait davantage. Elle avait le génie de vous servir, non seulement un appétissant plum-cake et du thé délicieux, mais aussi nombre d'anecdotes et de bavardages. Elle semblait connaître tout le monde à Byrnne. Aussi lui demandai-je tout naturellement ce jour-là si elle avait connu mon père et ma mère.

— Oui, bien sûr, répondit-elle, ses yeux d'un bleu délavé s'illuminant en se posant sur moi. Monsieur Beckwitt avait failli courir à la ruine une fois, je m'en souviens, mais plusieurs bonnes récoltes le tirèrent d'affaire, il se « renfloua » aisément. (Elle pinça ses lèvres minces, sirota son thé.) Avant qu'il ne mourût, lui et monsieur Combs avaient eu une querelle... Mais monsieur Combs est un homme si raisonnable...

Je sentais qu'elle biaisait, mais je n'osai l'interrompre pour la ramener au sujet initial.

Elle poursuivit :

— Quant à ton père, Tobias... Toby Ashland... Les Ashland habitaient *Moorsend Manor*...

Je ne pus réprimer ma surprise :

— Grand-mère étant une Ashland, pourquoi n'habitons-nous pas *Moorsend Manor ?*

Mary Combs scruta mon visage par-dessus ses lunettes et s'empourpra tout à coup.

— Oh ! ma chérie, tout cela s'est passé il y a bien longtemps ! Une dispute a éclaté à cette époque, si bien que ta grand-mère a préféré venir vivre sur la lande. Veux-tu une autre tranche de cake ?

Je n'avais pas tiré grand-chose de Mary Combs, mais je savais au moins que mes parents n'avaient pas été les personnages que j'avais imaginés.

Peu de temps après, je fis le premier de ces

horribles rêves... Grand-mère n'y attachait pas beaucoup d'importance, bien que je les lui décrivisse avec force détails.

Six mois plus tard, le poney s'échappa. Trois jours après sa fuite, je le vis en rêve, broutant parmi les moutons du fermier Dowden. Je le dis à grand-mère et ce fut parmi les moutons du fermier Dowden que nous retrouvâmes le poney. Grand-mère me considéra alors d'une façon différente. Nous étions silencieuses, je me le rappelle, pendant que nous revenions à la maison. Une fois rentrées, elle ferma soigneusement la porte.

— Zillah, me dit-elle, il ne faut parler à âme qui vive de ce rêve ou de quelque autre si cela se reproduisait !

— Mais pourquoi ? demandai-je.

— On dirait que tu es une sorcière, que tu es damnée ! Si nous vivions ailleurs, ce serait peut-être différent... Je crois savoir qu'à Londres ce genre de rêve, les phénomènes de clairvoyance, les séances de spiritisme sont admis. Mais pas ici ! Pas sur la lande ! Nous vivons dans un monde de superstitions, et si le fait de pouvoir lire l'avenir dans les lignes de la main, la confection de philtres d'amour et de potions sont considérés comme des talents de Romanichel par la plupart des gens, il s'en trouve toujours un certain nombre pour y voir l'œuvre de Satan...

— C'est ridicule ! m'écriai-je.

Elle serra les lèvres, hocha la tête.

— Il y a beaucoup de sottise dans le monde, vois-tu. Allons, viens, nous allons préparer le repas.

J'évoque à nouveau, maintenant, les paroles de grand-mère : « Il ne faut parler à âme qui vive... »

Et je me demande si, m'y fussé-je conformée, les événements eussent été autres... J'entends le tic-tac de la pendule, je vois les ombres du jardin qui s'allongent et franchissent en rampant le mur, je pense à *Wuthersfield,* cette demeure immense... Le grand hall d'entrée aurait pu à lui seul contenir la petite maison de grand-mère. Et je donnerais tout cela — la galerie des Ménestrels, l'escalier sculpté, toutes ces merveilles d'architecture — pour être assise devant un repas composé de mûres et de lait, pour être débarrassée de cette horreur, de cette douleur aiguë...

Jamais je ne m'étais vue moi-même en rêve, jamais je n'avais eu la vision de mon sinistre destin...

Le jour de mon quinzième anniversaire, grand-mère m'avait fait cadeau d'une jument. C'était un jeune animal fougueux, à la robe luisante comme une châtaigne bien propre, et vraiment ce nom : Chestnut, lui seyait tout à fait. Quel plaisir sa présence me procurait ! Nous nous étions comprises dès l'instant où j'avais de la main effleuré ses naseaux. Une intelligence s'était établie entre nous, sur un plan difficile à situer. Ce jour-là justement, j'étais sortie avec elle, par un chaud après-midi de mars...

Le vent était tout embaumé par les senteurs fraîches des jeunes pousses de fougère, les bruyères exhalaient une vapeur dorée sous le soleil. Je riais tandis que je galopais à travers la campagne. Je perdis mon chapeau et le vent fouetta mon visage de ma chevelure. Je n'arrêtai Chestnut qu'une fois au sommet de Cairn Hill et là, haletante, je pus contempler en contrebas les bruyères dont les teintes allaient du vert au brun, et jusqu'à l'horizon.

De l'endroit où je me trouvais, j'avais également une vue sur *Moorsend Manor*... Je remarquai la frêle spirale de fumée qui formait des boucles au-dessus de l'une des cheminées. Je me demandai si quelqu'un vivait à présent au manoir ou si un vagabond avait pris possession des lieux. Sous l'empire de la curiosité, je décidai d'aller y voir... J'attachai Chestnut à un arbre, dans un taillis. J'ignorai l'écriteau — *Ceux qui franchiront les limites de cette propriété seront punis* — et m'acheminai furtivement entre les haies.

Les volets étaient ouverts : un intrus eût été autrement circonspect...

Je me pressai contre la fenêtre et, hissée sur la pointe des pieds, je pus, en prenant appui sur le rebord, distinguer l'intérieur. Ce que j'aperçus me coupa le souffle...

Un homme était là, assis dans un fauteuil, qui fumait un cigare tout en fixant le plafond à travers la fumée. C'était un homme jeune, à la chevelure brune et bouclée. Il avait des lèvres minces, mobiles, un nez légèrement aquilin. Mais ce qui me frappa davantage, ce fut le bandeau noir qui lui recouvrait un œil et lui donnait l'allure d'un séduisant pirate. Dire que je tombai à l'instant amoureuse de cet inconnu reviendrait à qualifier une émotion que je ne pouvais alors définir. Je me rappelle toutefois qu'un feu subit brûla mes joues tandis qu'une singulière exaltation me bouleversait. J'aurais voulu pouvoir l'admirer toujours ! Absorbée dans ma contemplation, je sursautai lorsqu'un léger coup sur mon épaule m'obligea à me retourner. Honteuse de ma curiosité, je vis un visage blanc semé de tâches de rousseur, et aussitôt, échappant au bras qui se tendait vers moi, je m'enfuis, éperdue. L'homme m'appela, puis il se lança à ma poursuite...

Soudain je trébuchai et m'affalai, le visage dans l'herbe humide. Je restai une minute étourdie, sautai sur mes pieds. Trop tard ! L'homme m'avait rejointe et me saisissait par le bras.

— Etes-vous blessée, jeune fille ? demanda-t-il sans animosité.

Je me débattis mais il poursuivit :

— N'ayez pas peur, je ne veux pas vous faire de mal !

Je repoussai mes cheveux, le regardai. Il était beaucoup plus jeune qu'il ne m'avait paru d'abord ; peut-être n'avait-il guère plus de vingt ans. Ses cheveux étaient roux, son front était large, sa physionomie plutôt vulgaire, mais ses yeux bleus souriaient.

— Je suis désolé, dit-il encore, mais je ne voulais pas vous effrayer. (Une pareille courtoisie, alors que je me sentais en tort, éveilla ma méfiance.) Puis-je vous demander votre nom ?

— Zillah Ashland.

— Ashland ?... Alors je ne comprends pas votre attitude : vous devez être une parente. Je suis Malcolm Culpepper...

Il me tendit cordialement la main...

— Parente ?... Pourtant je n'avais jamais entendu prononcer votre nom... En êtes-vous sûr ?

— Mon oncle a épousé une Ashland ; ainsi nous sommes cousins par alliance.

— Oh ! pas par le sang ! m'écriai-je, déçue.

Il y eut un court silence, que je rompis :

— Nous habitons sur la lande, près de Fallows Pond, ma grand-mère et moi.

— Et votre père ? votre mère ?

— Ils sont morts.

— Les miens aussi. Nous sommes orphelins, vous et moi ; voilà une autre chose qui nous rapproche.

Il sourit, d'un sourire si amical et si doux qu'il transforma radicalement son visage.

— Est-ce que *Moorsend Manor* va être de nouveau habité ? demandai-je.

— Pas pour le moment, répliqua Malcolm Culpepper. Je suis ici pour une quinzaine de jours, puis je partirai pour Cambridge où j'ai l'intention de faire des études de droit.

— Mais... votre tante et votre oncle ?

— Ils sont à Paris. Nous avons tous trois vécu à Paris, aussi loin que je me le rappelle. Mon oncle est aussi mon tuteur ; il estimait que je devais d'abord parfaire mon éducation.

— Et cette tante, que nous avons en commun, à quoi ressemble-t-elle ?

— Tante Deborah ? (Il réfléchit un moment, les sourcils froncés.) Elle est très belle, très élégante, à ce qu'on m'a dit, et... et elle a un caractère dominateur.

— Ainsi vous êtes seulement de passage ?

— Oui, je me suis arrêté ici car je voulais jeter un coup d'œil sur *Moorsend Manor* puisqu'il m'appartient.

— *Moorsend Manor* vous appartient ?...

Malcolm Culpepper me réservait décidément des surprises !

— C'est une affaire assez compliquée, voyez-vous, commença-t-il d'un air sérieux. *Moorsend Manor* faisait l'objet d'une clause particulière... La terre sur laquelle se trouve *Moorsend Manor* fut autrefois octroyée aux Ashland. Il fut stipulé que seul le fils aîné des Ashland pouvait hériter, et s'il n'en existait pas... Bref, c'est la raison pour laquelle la terre et la construction qu'elle supportait devaient revenir au donataire ou à son descendant direct.

— Et vous êtes ce descendant ?

Toute cette histoire me paraissait affreusement compliquée.

— Oui, je suis le descendant d'un certain Thomas Culpepper. Il avait légué cette propriété à Edward Ashland, en signe de gratitude, il y a des années de cela, parce que Edward avait sauvé la vie à son fils pendant la guerre contre les colons américains.

J'étais également une Ashland, aussi demandai-je, parce que tout cela me semblait fort injuste :

— Et une fille ne pouvait-elle pas hériter ?

— Non. (Son doux sourire reparut...) Non, puisqu'il était bien précisé que *Moorsend Manor* ne pourrait revenir qu'à *un* descendant...

Par-dessus son épaule, je considérai la maison.

— Vu de l'extérieur, ça m'a l'air en bien mauvais état !

— Vous n'y avez jamais pénétré ?

— Non, je n'y suis jamais entrée.

— Alors suivez-moi : je vais vous faire visiter.

— Ce n'est pas possible ! m'écriai-je en me rappelant soudain que ma jupe était maculée de boue, que j'étais décoiffée. Mais... mais...

— Mais quoi, Zillah ?

— Cet homme... J'ai vu un homme assis dans une pièce ! Est-ce aussi un parent ?

Malcolm Culpepper répliqua gaiement :

— Oh non ! A dire vrai, je le connais à peine. Nous avons fait connaissance pendant le voyage en train, nous occupions le même compartiment et je l'ai invité à me tenir compagnie.

— Qui est-ce ?

— Son nom est Richard Cates. Il est capitaine et s'apprête également à revendiquer son héritage, un endroit nommé *Wuthersfield.*

Le sort en était jeté ! Malcolm Culpepper avait prononcé les deux noms — Cates et Wuthersfield — qui allaient jouer un rôle si tragique dans ma destinée ; il les avait lancés par un bel après-midi ensoleillé de mars, comme deux cartes à jouer dans lesquelles il aurait lu l'avenir. Deux cartes noires, deux piques !...

CHAPITRE II

Grand-mère était en train de remplir la bouilloire à la pompe lorsque je rentrai dans la cour, chevauchant Chestnut.

— Tu es en retard, dit-elle comme je mettais pied à terre. Qu'as-tu fait à ta jupe ?

— Je suis tombée et... Grand-mère, tu n'aurais jamais imaginé cela : il y a quelqu'un à *Moorsend Manor !* Un homme... Non, pardon, deux hommes !...

Tremblante d'excitation, j'entrepris de raconter ma rencontre avec Malcolm Culpepper.

Grand-mère m'interrompit :

— Une minute, Zillah ; je suis incapable de te suivre. Occupe-toi de Chestnut et puis remets de l'ordre dans ta tenue. Nous parlerons de tout cela devant une tasse de thé.

Un peu plus tard, je lui contai de bout en bout ce qui m'était arrivé, n'omettant rien si ce n'est de préciser quelle étrange émotion s'était emparée de moi tandis que j'observais le capitaine Cates par la fenêtre.

— Connaissais-tu les Culpepper ? demandai-je pour conclure.

— Je connaissais ta tante, Deborah.

— Comment était-elle ?

— Très belle, et réellement insupportable. Moins nous en parlerons, mieux cela vaudra.

— Malcolm Culpepper n'a pas mauvais caractère, lui, dis-je après une pause. Il paraît très aimable et pondéré. Il m'a demandé s'il pouvait venir nous voir.

— Je n'y vois pas le moindre inconvénient.

— Je lui ai promis d'aller le chercher. Je lui ferai visiter la lande à cheval... Ce pays lui est inconnu...

Les yeux de grand-mère s'attardaient sur moi.

— Je ne sais si je dois te permettre de chevaucher à l'aventure avec un jeune étranger.

— Oh ! il n'a rien d'un étranger et il est très sympathique, grand-mère ! Je suis sûre que tu m'approuveras quand tu le verras !

J'avais avalé le contenu de ma tasse et me préparai à la remplir quand j'eus soudain conscience que grand-mère ne cessait de me dévisager.

— Qu'y a-t-il ? demandai-je, alarmée.

— Je pensais à... quelque chose. Tu as beaucoup grandi, tu devrais aller à l'école.

— A l'école !

Je la fixai d'un air hébété.

— Oui, à l'école. Je t'ai appris depuis longtemps tout ce que je savais et tu devrais à présent compléter ton éducation.

Je voyais le visage grave et pâle des écoliers du village que je croisais parfois...

— Mais, quelle école ?

— Le collège de mademoiselle Young, à Bristol. J'y allais moi-même quand j'étais jeune. C'est à présent la petite-nièce de mademoiselle Young qui le dirige. L'établissement est remarquable dans le genre ; on y fera de toi une dame.

— Une dame ! Mais il t'est arrivé de tourner les « dames » en dérision !... Et c'est toi qui...

— Peu importe ce que je fais ! En ce qui te concerne, je ne vois qu'une autre vie, un autre avenir. Je t'ai gardée égoïstement, pendant toutes ces années, et ce n'est pas ici qu'il convient que tu vives.

— Mais... j'aime cet endroit !

— Tu le crois, vraiment ? Lorsque tu faisais allusion au salon de *Moorsend Manor,* au piano, aux tapis, aux lampes en porcelaine de Chine, il m'a semblé déceler une pointe d'envie dans ta voix.

Comment lui faire comprendre que ce n'était pas de l'envie ?... J'avais d'instinct surchargé la description des lieux, de l'ameublement, qui m'avaient vivement impressionnée, peut-être pour dissimuler, sans m'en rendre compte, ce que j'avais ressenti à la vue de l'homme installé là. J'avais en quelque sorte essayé de « combler » les moindres vides de mon histoire.

— Mais, grand-mère, quel rapport y a-t-il entre le fait que j'aille à l'école et les lampes chinoises ?

— Tout simplement, cette envie, si infime que tu te plaises à la définir, grandira, et quelque jour tu pourrais éprouver du dépit à vivre dans cette humble maison.

— Cela, jamais !

— Oh ! jamais... (Elle sourit.) Et oui ! tu voudras te marier comme les autres jeunes filles, Zillah ! Et, bien que tu sois très jolie, tu ne peux prétendre à un parti honorable, avantageux si tu n'es pas instruite et ignores les usages du monde...

Grand-mère continua à parler, mais je ne l'écoutais plus. Me marier ! Je n'avais guère songé à me marier jusqu'à présent ! En tout cas, si je devais me marier un jour, ce serait avec quelqu'un qui ressemblerait au capitaine Cates !

« On peut aller à l'école sans que ce soit une corvée », me dis-je.

— Combien de temps faudrait-il que je reste au collège, grand-mère ? demandai-je.

— Deux ans.

— Deux ans ! Mais... c'est impossible !

J'étais effarée... Quitter la lande pour deux années entières...

— Nous verrons, dit grand-mère en rassemblant les tasses vides.

La semaine suivante, je détournai mes pensées du collège et de Mlle Young. Malcolm Culpepper vint presque chaque jour à la maison. Grand-mère avait trouvé que c'était un jeune homme charmant et elle ne s'opposa pas une seule fois à nos chevauchées sur la lande. Malcolm était intéressé par tout ce que je lui montrais : l'endroit où nichait le héron, les campanules pourpres à peine écloses, le marais de Nuncie — ainsi appelé parce qu'un certain Nuncie avait égaré sa vache à cet endroit —, les ruisseaux, les étangs que je connaissais à merveille depuis ma plus tendre enfance, par tous les petits secrets de la lande que je lui révélais. Je dois avouer que si j'invitais Malcolm à ces excursions prolongées, c'était parce que je nourrissais un espoir : je souhaitais ardemment apprendre tout ce qu'il savait lui-même au sujet de Richard Cates. Mais Malcolm ne put me raconter grand-chose : Richard Cates n'était pas marié, à sa connaissance — à cette nouvelle, mon cœur avait bondi de joie —, il avait perdu un œil dans une escarmouche avec des Africains, au Congo, à moins que ce ne fût autre part, en Afrique du Sud... Il se proposait de partir pour le Soudan, mais il devait auparavant régler les affaires de son oncle.

— Le capitaine a une personnalité vraiment fascinante, et très romanesque, me dit Malcolm un après-midi, alors que nous revenions. Aussi ne puis-je vous blâmer de votre intérêt pour lui.

— Croyez-vous qu'il reviendra en Angleterre ?

— Il ne me l'a pas dit, mais j'imagine que oui. Pourquoi ?... Je commence à croire que vous êtes amoureuse de cet homme, Zillah !...

Malcolm rit d'un rire franc.

Je rougis violemment et, plantant mes talons dans les flancs de Chestnut, je la lançai au galop, laissant Malcolm derrière moi. Comment avait-il osé rire ? Le présomptueux ! Jamais plus je ne lui adresserais la parole !

Mais quand il arriva, tôt le matin suivant, pour m'annoncer que *Moorsend Manor* serait fermé le jour même et qu'il partirait pour Cambridge, je fus émue et lui souhaitai bon voyage. Il me serra la main solennellement et dit :

— Je vous écrirai.

Grand-mère intervint alors :

— Zillah, elle aussi, va aller à l'école.

Mon cœur sombra. Ainsi, elle n'avait pas oublié comme je l'avais espéré. Malcolm dut remarquer mon visage déconfit...

— Alors je vous écrirai là-bas, dit-il. Peut-être même irai-je vous rendre visite. De quelle école s'agit-il ?

— Il s'agit d'un collège de Bristol dirigé par une demoiselle Young...

J'étais affreusement triste ; la perspective des visites de Malcolm ne me consolait nullement.

— Oh ! je suis sûr que vous vous y plairez !

Je fus consternée quand je vis l'école pour la première fois. Le bâtiment, de pierre sombre, était séparé de la rue pavée par un mur percé d'un haut portail de fer à barreaux...

Mademoiselle Young était une femme âgée, elle avait les yeux vairons, une démarche vacillante, s'appuyait sur une canne et arborait un sourire dépourvu de chaleur. La surveillante générale était une certaine Rose Brunswick, une femme grande et sèche comme une trique qui, elle, tenait fort bien sur ses jambes et veillait à la stricte application du règlement d'un œil auquel rien n'échappait.

Tout était réglementé pour les élèves, de l'instant du réveil, à 6 heures, jusqu'à l'extinction des lumières, à 22 heures. Pour moi qui avais joui d'une liberté de mouvement presque illimitée, la règle la plus pénible à laquelle je devais me soumettre était l'interdiction de quitter l'établissement sans être accompagnée d'une surveillante, et seulement les jours de sortie. Oh ! comme la lande me manquait !... J'étais sûre que j'allais mourir de langueur pendant cette première semaine, et je faisais toutes sortes de rêves dans lesquels le capitaine Cates venait à mon secours. Mais Richard Cates ignorait mon existence, j'abandonnai mes chimères et résolus d'affronter la réalité. Je décidai de m'enfuir, et me mis à échafauder en secret des plans compliqués. Mais je ne savais où me réfugier, sinon à la maison, et grand-mère me ramènerait par le train suivant au collège... Je renonçai donc à cette idée, puis il me vint à l'esprit que si je me conduisais d'une manière stupide, si je feignais d'être réfractaire à tout enseignement, Rose Brunswick se découragerait et conseillerait à grand-mère de me retirer du collège ! Mais il n'était pas facile de jouer ce genre de comédie chez Mlle Young, où l'on comptait de nombreuses élèves timides, mais surtout précocement douées pour les coiffures à la mode, la toilette, et attirées par le sexe opposé, et par contre sachant à peine écrire lisiblement. Je conçus alors une idée exactement inverse : si je m'appliquais, je pourrais assimiler l'enseignement dispensé à l'école en une année au lieu de deux ! Grand-mère m'avait inculqué de solides bases de grammaire, de littérature et d'histoire, je m'en aperçus vite, et comme j'avais beaucoup de facilité pour apprendre, en un temps record je devins la première de ma classe. Ma récompense ne fut pas ma libération anticipée, mais une avalanche d'éloges de la part de la taciturne Rose Brunswick, et les rebuffades de mes compagnes de classe, auprès desquelles j'étais devenue aussi impopulaire qu'un cygne dans une mare aux canards.

Résignée, je retournai au collège pour une seconde année... Ne pouvant y échapper, il ne me restait qu'à tirer un bon parti de ce séjour...

En dehors de Malcolm qui m'écrivait régulièrement, je n'avais aucun véritable ami. Ce fut alors qu'un de mes rêves extraordinaires me révéla la façon de nouer des contacts plus étroits avec ma voisine de dortoir. Celle-ci s'appelait Sandra Cools, et on lui avait accordé la permission d'aller dans sa famille pour assister au mariage de sa sœur. La nuit qui précéda son départ, je rêvai que le train à bord duquel elle voyageait, celui qui quittait Bristol à 9 heures, déraillait et versait, et qu'il y avait un grand nombre de victimes. C'était un terrible spectacle que celui des voitures écrasées, d'où montaient à la fois une épaisse fumée et les hurlements des blessés, parmi lesquels se trouvait Sandra. Lorsque je m'éveillai le matin, toute bouleversée par ce cauchemar, je suppliai Sandra de prendre un autre train... Par chance, elle suivit mon conseil. Le train de 9 heures dérailla, exactement à l'endroit où mon rêve avait situé la catastrophe. Sandra fut très impressionnée et elle me proposa de passer les vacances de Pâques chez elle car ses parents désiraient me connaître et me remercier.

Je n'avais pas envie d'accepter cette invitation, mais grand-mère, à qui j'avais écrit pour lui raconter cet épisode, répondit en me conseillant de le faire. Comment pourrais-je un jour me faire une place dans la société, disait-elle, si je ne faisais que galoper à cheval ou courir à pied à travers la lande dès que j'avais un moment ?... Elle me fit parvenir cinq livres pour que je puisse acheter une robe. Cinq livres ! Je restai songeuse. Grand-mère me gâtait vraiment !

Je ne puis assurer en toute honnêteté que Sandra Cools et moi devînmes des amies intimes. Je pense qu'une certaine jalousie de ma part faisait obstacle au développement de cette amitié... Sandra possédait tous les atouts dans la vie ! Elle appartenait à une excellente famille, son père était encore jeune, sa mère était blonde, fine, et elle avait deux frères, qui m'observèrent avec des yeux écarquillés et un intérêt excessif. Puis il y avait la sœur mariée et son nouvel époux, un oncle et une tante, et une ribambelle de cousins qui partagèrent notre repas de Pâques. A vrai dire, ils étaient tous compassés, quelque peu ennuyeux. Cependant il n'y eut aucune question indiscrète ni aucune incursion dans les histoires de famille.

Sandra était satisfaite de son sort, elle savait que l'avenir pouvait lui être favorable. Quand elle aurait terminé ses études, elle « paraîtrait » dans la société londonienne sous la vigilance d'une marraine très « comme il faut ». Alors elle ferait la connaissance d'un jeune homme « convenable », l'épouserait, fondant à son tour un foyer irréprochable. Ah ! elle n'était pas tourmentée par des rêveries dont l'objet était un homme séduisant, aux cheveux bruns et bouclés, affublé d'un bandeau noir — insigne indéniable d'une vie d'aventures et de débauche —, un homme qui faisait paraître tous les autres pâles et insignifiants... Sandra était dotée d'un esprit beaucoup trop pratique pour soupirer après l'impossible et si je lui avais parlé de Richard, j'imagine aisément ce qu'elle aurait dit : « Un oiseau dans la main vaut mieux que deux sur la branche. » Elle était intarissable en banalités de ce genre. Je ne me rappelle pas avoir ressenti de l'amertume chez les Cools ; simplement je les enviais. J'étais contrainte, maussade ; du moins ce fut le cas jusqu'au dernier soir des vacances, où nous fûmes invitées à une soirée dansante donnée par des voisins. C'était mon premier bal et je m'y préparai en frémissant de joie au sortir d'une longue semaine de torpeur.

J'avais les yeux brillants et mon pied battait déjà la mesure quand enfin je laissai mon manteau au vestiaire. Tout étincelait. Les lumières se reflétaient sur le parquet ciré, des bijoux scintillaient au cou des femmes, des couples de danseurs tourbillonnaient, des domestiques souriants se tenaient discrètement à l'écart.

Infatigable, je dansai toutes les danses, heureuse d'évoluer dans un nouvel élément. C'était cela que je désirais sans m'en apercevoir, cela qui me manquait dans ma solitude : les compliments stupides, et les éclats de rire, l'allégresse, et les vertigineuses arabesques dans lesquelles m'entraînait la musique.

Comme nous nous tenions près du buffet lors d'une pause, Sheila Cools s'approcha de sa fille et de moi-même.

Elle dit à Sandra :

— Ton cousin Richard est ici. Allez donc toutes deux le saluer.

Je songeai que ce n'était pas « mon » Richard

et me détournai d'abord. Mais... c'était lui ! Je ne pouvais en croire mes yeux !... Le capitaine Cates, ici ? Je vivais un rêve dont j'allais bientôt sortir... Pourtant, nous traversâmes la piste de danse et il était toujours là ; il scrutait la salle du regard, un demi-sourire aux lèvres, quand il nous vit. On nous présenta, il s'empara de ma main et me dévisagea de son œil d'un bleu intense, à l'expression farouche, presque sauvage. Je crois que par la suite il m'invita à danser car ce dont j'eus conscience tout à coup fut la sensation de son bras autour de ma taille. Nous valsions, nous glissions, dans un monde dont tout ce qui n'était pas nous-mêmes avait disparu. Nous tournions de plus en plus vite, je subissais le magnétisme de son regard posé sur moi, sa prunelle bleu sombre reflétait une admiration plus capiteuse que du vin de Champagne. « Je suis amoureuse de lui ! me dis-je. Oui, je suis amoureuse de cet homme, et... il éprouve sûrement les mêmes sentiments que moi. » Lorsque la danse fut achevée, beaucoup trop tôt, il me reconduisit auprès de Sheila Cools avec un remerciement correct. Rien de plus. Il n'avait pas seulement chuchoté à mon oreille le conventionnel : « J'aimerais vous revoir... », il n'avait pas adressé à mon hôtesse la requête habituelle : « Vous permettez que nous dansions encore ? » Je n'avais été pour lui qu'une partenaire pendant quelques minutes, une fille agréable à regarder, qui ne lui avait pas marché sur les pieds, qui n'avait pas bavardé à son oreille, mais il était pour moi l'étoffe même dont les rêves sont faits !...

— Nous devrions rentrer, il est minuit passé, dit Sheila Cools.

Je lançai un dernier coup d'œil sur la salle. Richard Cates était en train de valser avec une très jeune femme aux cheveux couleur de feu, aux formes généreuses, à la robe presque indécente. Je sentis une flamme ardente me dévorer les joues et l'impulsion subite me prit de me ruer vers la piste pour lui décocher un bon coup de pied dans le tibia. L'instant d'après, comme s'il avait pu lire dans mes pensées, Richard Cates me souriait... Ce fut ce sourire que j'emportai...

Beaucoup plus tard, dans le lit que je partageais avec Sandra, je la questionnai au sujet de son cousin. Elle était fatiguée, somnolente, peu encline à parler, mais je ne renonçai pas.

— Je ne sais pas grand-chose sur Richard, dit-elle. C'est un cousin éloigné, nous le voyons rarement.

— Mais tu dois savoir au moins s'il est marié ou non ?

Il s'était écoulé deux ans depuis notre « rencontre » et il pouvait fort bien s'être marié depuis lors.

Elle répliqua mollement :

— Non, il ne l'est pas.

— Bien. Alors que fait-il ? Où habite-t-il ? Est-ce qu'il n'est pas au moins fiancé ?

— Il n'est pas fiancé, pour autant que je sache.

Elle retapa son oreiller et continua, sur un ton neutre :

— Il a fait le tour du monde, les filles sont folles de lui, mais les mères, à ce qu'on m'a dit, ne partagent pas leur enthousiasme ! Il n'a pas un un sou vaillant ; il est pauvre, tu sais : il a dilapidé tout son patrimoine au jeu, dit-on, à l'exception de *Wuthersfield*. Mais peut-être est-ce plutôt dans quelque stupide chasse au trésor ! (Elle bâilla.) De toute façon, d'après ce que dit maman, la seule chose raisonnable qu'il lui reste à faire est d'épouser une jeune fille fortunée.

Mon cœur se glaça.

— Il recherche une fille riche ?

— Richard ? (Elle partit d'un grand rire.) En tout cas, je doute qu'elle parvienne à le fixer ! Je l'ai entendu une fois dire à papa qu'il préférerait mendier le restant de ses jours plutôt que de se lier à une femme !...

La situation était pour moi sans espoir.

Une semaine s'était écoulée depuis ce jour fameux. Nous étions dans la salle d'étude lorsque Rose Brunswick s'avança vers moi. Elle me dit que Sandra avait une visite mais que, comme elle était malade — Sandra avait un gros rhume —, le visiteur avait demandé à me voir.

— Il prétend qu'il est son cousin ! ajouta Rose Brunswick.

Je détournai la tête afin de lui cacher la subite rougeur qui avait envahi mes joues.

— Je descends immédiatement, dis-je d'une voix assourdie.

— Un quart d'heure, pas davantage...

Comme toujours en de semblables circonstances, Helen Young allait tenir le rôle de chaperon... Elle n'arrêta pas de marmonner tandis que Richard et moi nous tenions en silence côte à côte, échangeant de furtifs et timides regards. Il n'y avait pas de message à transmettre à Sandra, comme il l'avait prétendu, il me l'avoua à voix basse. Il s'était servi de ce prétexte pour me revoir !... Au moment où il se levait pour partir, il me glissa discrètement un bout de papier...

Je grimpai l'escalier conduisant au dortoir. Sandra était couchée, pâle et blafarde.

— C'était Richard ? demanda-t-elle.

— Oui, il m'a remis un mot.

— Que dit-il ?

Je répugnais à le lui révéler, mais il était difficile de lui refuser cela.

A voix haute, je lus donc :

— *Chère Zillah, pourrions-nous nous rencontrer, seuls, dans le jardin derrière la maison, sous la vigne vierge, ce soir vers 20 h 30 ? Richard.*

Sandra se redressa sur un coude.

— Tu ne vas pas y aller !

— J'irai ! dis-je fermement. A moins que je ne trouve pas le moyen de sortir...

La nuit, le collège était fermé plus hermétiquement qu'une huître !

— Je connais un chemin, murmura Sandra, mais je ne sais si je dois te l'indiquer... Tu es une fille trop bien pour Richard.

— Oh ! je t'en supplie, Sandra, dis-le ! Il faut que je le voie ! Il le faut, ou j'en mourrai !

— Très bien, soupira-t-elle, mais si tu as des ennuis, je décline toute responsabilité. C'est Célia qui me l'a indiqué, elle avait l'habitude de l'emprunter pour aller rejoindre un garçon, elle aussi. Il se trouve une porte derrière l'escalier de la cuisine. La fille de cuisine est censée la fermer après avoir rangé l'office, mais quelquefois elle oublie de le faire...

— Bien, je passerai par là.

— Je ne veux rien entendre ! s'écria Sandra en se bouchant les oreilles. Moins j'en saurai, mieux cela vaudra.

Le soir venu, je me faufilai jusqu'au bas de l'escalier, repérai la porte que Sandra m'avait décrite, et la chance me favorisa car elle n'était pas fermée. Toutefois elle grinça si fort quand je l'ouvris que j'eus la conviction que même Helen Young, qui pourtant entendait très mal, avait dû être alertée ! J'attendis dans l'obscurité ; mon cœur battait la chamade, je croyais à tout instant percevoir des bruits dans l'escalier, j'allais sûrement voir apparaître le visage indigné de Rose Brunswick audessus de la rampe... Mais rien de tel ne se produisit. Au bout d'un moment je m'esquivai et m'avançai dans la clarté lunaire. La nuit était de velours. Je scrutai les alentours, essayant de percer les ténèbres, et mon cœur éprouva une autre forme d'inquiétude : où était-il ?... Richard avait-il oublié notre rendez-vous ?... Soudain il émergea de l'ombre et je courus vers lui.

— Zillah !...

Il me prit par la main et m'étreignit rudement...

Quand enfin il s'écarta de moi, la tête me tournait, j'avais les lèvres brûlantes, j'avais l'impression de n'avoir jamais éprouvé une telle sensation... Il ne cessait de murmurer :

— Zillah... Zillah... Est-ce que vous avez pensé à moi ?

— Oh oui ! m'écriai-je en nouant mes bras autour de son cou.

Je l'embrassai sur les joues, sur la bouche, je me pressai contre lui.

Il m'attira loin de la vigne vierge, sous les rayons de lune qui se balançaient comme des fils d'argent entre les feuilles, et dit dans un souffle :

— Tu es vraiment belle...

Il écarta les revers de mon manteau, comme je levai vers lui des yeux éperdus en disant :

— O Richard, si vous saviez comme je vous aime !...

Il s'immobilisa tout à coup, je perçus un frémissement dans tout son corps.

— Qu'y a-t-il ? demandai-je.

Il était troublé, bouleversé même, je le sentais bien. Avais-je commis une faute en lui confessant mon amour ? Ce genre d'aveu ne convenait guère à une femme, je le savais, mais je n'avais pu m'empêcher d'exprimer ce que j'éprouvais, mon être tout entier débordait de passion.

— Je crois, dit-il avec froideur, que vous devriez rentrer à présent.

Oui, j'avais fait une erreur, j'étais allée trop loin en me jetant dans ses bras, en l'embrassant hardiment. Les hommes n'aiment pas cela. Rose Brunswick avait dit un jour qu'ils avaient horreur des femmes qui les poursuivaient de leurs assiduités. Mais je n'avais aucune expérience dans les jeux subtils de l'amour, et du reste, il était trop tard pour revenir sur ce que j'avais fait.

— J'ai eu tort de vous demander ce rendez-vous ! dit Richard Cates d'une voix ferme. Supposez que l'on nous surprenne !...

— Oh ! qu'est-ce que ça peut faire ? dis-je faiblement, avec la certitude que ce souci tardif de ma réputation n'était qu'un prétexte pour se débarrasser de moi.

Il me raccompagna jusqu'à l'entrée. Je demandai, luttant pour ne pas me laisser aller à pleurer :

— Est-ce que nous nous reverrons ?

— Je ne pense pas, dit-il.

Et il s'en alla.

Ainsi mon roman d'amour était déjà fini !

Frustrée, déçue, bafouée et furieuse, détestant Richard autant que j'avais pu l'aimer, j'escaladai l'escalier jusqu'au dortoir et me couchai.

Je pleurai amèrement, longtemps, puis enfin je m'endormis.

Le matin, j'inventai un mensonge à l'intention de Sandra, je ne sais plus quoi du reste. Je lui fis jurer de garder le secret et enfouis mon désespoir au plus profond de moi-même.

J'avais l'impression que pendant cette brève demi-heure passée dans le jardin, j'avais vieilli. Maintenant les jours, les années, s'étireraient, vides, ternes. Mon chagrin était si violent que je ne pensais pas que quelque chose pût à nouveau me faire rire ou pleurer. Je me trompais...

CHAPITRE III

Quatre nuits après ce lamentable rendez-vous, je fis un cauchemar terrifiant... Un homme vêtu à la façon des paysans s'introduisait subrepticement dans notre petite maison de la lande, par une nuit sans lune. Puis il disparaissait dans l'ombre, et tout à coup la maison était la proie des flammes... Je voyais alors le visage de grand-mère, figé dans une horreur indescriptible, surgir parmi les flammes !

Une main me secoua. Toute pâle, Sandra était penchée au-dessus de mon lit.

— Est-ce que j'ai crié ? demandai-je.

— Non, mais tu te débattais, tu gémissais... J'ai eu peur...

Je m'assis d'un bond sur mon lit.

— Sandra, il faut que j'aille chez ma grand-mère... Je dois l'avertir... Il va y avoir un incendie !

— Comment peux-tu le savoir ?

— Je... je le sais, voilà tout ! Il faut que je parte immédiatement !

— Mais il est une heure du matin, et Rose Brunswick...

— Je me moque de Rose Brunswick ! De toute façon, elle ne me donnerait pas la permission, surtout si je lui disais...

Je me glissai hors du lit, commençai à m'habiller.

— Je passerai par la porte, derrière l'escalier de la cuisine !

— Et si elle est fermée ?...

— Alors j'aviserai.

Mais, Dieu merci ! la porte était ouverte, et je pus me faufiler au-dehors discrètement.

Dans l'obscurité, j'allai vers la gare à travers les rues désertes, terrifiée, et redoutant d'arriver trop tard. D'habitude, quand je faisais ce genre de rêve, le temps qui s'écoulait entre la vision de l'événement et l'événement lui-même variait entre quelques heures et plusieurs jours. Je ne pouvais espérer atteindre Byrnne avant midi, en admettant que j'eusse la chance d'avoir tout de suite un train pour Castle Bridge.

Le train entra en gare avec une heure de retard. Je fus l'objet de bien des regards soupçonneux, curieux à tout le moins, mais personne ne me posa de questions. A Castle Bridge, je dus attendre longtemps avant de pouvoir prendre l'omnibus qui me transporterait à Byrnne...

L'omnibus s'arrêta devant la porte de la maison de Jack Combs. Ce fut lui qui vint m'ouvrir quand je frappai au moyen du heurtoir.

Lorsqu'il me vit, son visage ridé et barbu devint couleur de cendre.

— Ma chère Zillah !...

Sur les miennes, ses mains étaient comme un étau glacé.

— Je viens tout juste d'expédier un télégramme au collège, Zillah... Quelque chose de terrible vient d'arriver... Ta grand-mère...

— Elle est morte, dis-je d'une voix brisée. Je sais !... On... on l'a tuée !

Mary Combs émit des gloussements de sympathie, déversa sur moi un flot de paroles que je n'écoutais pas, puis elle me fit m'asseoir.

Je l'entendis ensuite murmurer à l'oreille de Jack Combs :

— Demande à Meg de servir du thé un peu fort...

Je ne pleurais pas, mais j'éprouvais un atroce sentiment de culpabilité... J'étais arrivée trop tard !... Grand-mère, la seule personne qui m'eût aimée, la seule qui se fût occupée de moi avec tendresse... Elle avait été tout pour moi... Et je n'avais pas été capable de la sauver !

Tandis que je buvais mon thé, les yeux toujours secs, Jack Combs me raconta ce qui s'était passé : un marchand ambulant, de passage sur la lande, avait aperçu le feu au loin, mais quand il était arrivé à la maison, il était trop tard pour qu'il pût intervenir.

— C'est lui qui nous a prévenus, conclut Jack Combs.

Il y eut un long silence, seulement troublé par le choc léger d'une tasse reposée sur une soucoupe et le tic-tac de la vieille pendule.

Quelqu'un passa devant la fenêtre en sifflotant.

Ni le notaire ni sa femme ne m'avaient demandé comment j'avais appris que grand-mère était morte, comment j'avais pu formuler cette étrange accusation : « On l'a tuée ! » Je compris que je leur devais une explication.

— J'ai fait un rêve, dis-je, dans lequel j'ai vu toute la scène, les flammes, tout... Et je pensais que si je pouvais arriver à temps...

Je m'interrompis, les regardai l'un après l'autre, m'attendant à des exclamations d'incrédulité.

— Oui, j'ai déjà entendu parler de ces rêves, dit Jack Combs. Mais, Zillah, tu ne dois rien te reprocher : les desseins de Dieu sont insondables...

— Je ne conteste pas les desseins de Dieu, monsieur Combs, dis-je, mais ce n'est pas Lui qui a mis le feu chez nous ! J'ai vu, dans mon rêve, un homme vêtu comme un paysan qui tendait un tison enflammé vers le bord du toit de chaume.

Jack Combs tira sur la pointe de sa barbe blanche.

— As-tu reconnu cet homme ?

— Son visage était dans l'ombre... Ce devait être quelqu'un du village, quelqu'un qui nourrissait de la rancune à l'égard de grand-mère... Peut-être est-il venu la consulter, au sujet d'un enfant malade... Peut-être grand-mère lui a-t-elle donné des remèdes...

— La petite fille de Glenn Madson est justement morte la semaine dernière ! s'écria Mary Combs.

— Vous voyez bien ! Glenn Madson, sous l'empire de la colère et du chagrin, a voulu se venger...

Jack Combs secoua la tête.

— Ma chère Zillah, on ne peut accuser un homme à partir d'un rêve !

— Si vous l'interrogiez, il nierait, naturellement, dis-je avec amertume.

Il me prit la main par-dessus la table.

— Zillah, si quoi que ce soit était en mon pouvoir, je le ferais volontiers, mais je crois que tu te méprends sur les gens du village : la plupart respectaient ta grand-mère, de mauvaise grâce peut-être, mais ils la respectaient.

Bien que cela me fut difficile à admettre, je ne répondis pas.

Dans le courant de la matinée, j'insistai pour me rendre jusqu'à notre maison, en dépit des tentatives de Jack Combs pour m'en dissuader. En définitive, il m'accompagna.

Ce n'était plus que ruines carbonisées. Seul, l'encadrement de la porte tenait encore debout. La stalle de la jument s'était effondrée, et Chestnut, ma chère Chestnut, avait péri...

Je me frayai un chemin à travers les décombres où quelques tisons se consumaient encore, à la recherche d'un souvenir, d'un rien qui eût appartenu à grand-mère. Une lueur dorée attira mon regard, je me penchai et cueillis une boucle d'oreille, mais je ne trouvai pas l'autre. Ces boucles d'oreilles avaient été offertes à grand-mère par mon père, mais elles les avait rarement portées.

La boucle dans la main, je fixais machinalement une partie du mur de façade effondré. J'y vis des lettres, maladroitement griffonnées à la craie, certaines noircies, d'autres à moitié effacées. Mais le message était encore lisible :

MORT A LA SORCIERE DE LA LANDE !

— Avez-vous vu ? m'écriai-je en montrant du doigt la sinistre proclamation.

— Il faut signaler cela à la gendarmerie ! dit-il.

— Vous me croyez maintenant ?

— Je n'ai jamais douté de toi, ma chérie, à vrai dire, mais, vois-tu, n'importe qui aurait pu commettre ce forfait.

— Oui, n'importe qui, répétai-je. Ils la détestaient, n'est-ce pas ?

— Allons, Zillah ! Ta grand-mère était une femme comme on en voit peu : intelligente, dévouée, aimante. Elle n'aurait pas aimé que tu te lamentes ainsi... Allons !... Elle a laissé un testament, je voudrais que tu en prennes connaissance.

— Un testament ? fis-je en contemplant les ruines. Voyons, il n'y avait rien à léguer !

— Tu pourrais avoir des surprises...

Comme nous nous en retournions, je trébuchai sur quelque chose et, baissant les yeux, j'aperçus la petite bouilloire métallique. Grand-mère aimait cette bouilloire et l'utilisait souvent. Soudain je fus frappée, comme par une lame, par cette évidence que jamais, jamais plus je ne l'entendrais dire : « Debout, Zillah ! C'est l'heure de se lever ! » Alors je me mis à sangloter, mes ongles crochetés dans le bras de ce bon Jack Combs. Je pleurai toutes les larmes de mon corps...

Jack Combs avait dit la vérité quand il avait suggéré que je pourrais avoir des surprises au sujet du testament de grand-mère : je fus abasourdie...

— Je ne comprends pas ! dis-je à Jack Combs.

— Une certaine somme d'argent — une somme coquette, je dois dire — avait été déposée entre mes mains, que j'ai fait fructifier. Le capital était placé sous ma responsabilité jusqu'à ton mariage...

— Tant d'argent pour moi ?...

Il hocha la tête affirmativement.

— Quand tu te marieras, cet argent déposé en mon étude te sera remis, aux termes du testament... Toi seule auras toute liberté d'en disposer... Je veux dire qu'il ne reviendrait pas automatiquement à ton mari comme cela se produit parfois. Jusque-là, tu pourras vivre confortablement, en jouissant de tes rentes.

— Je ne comprends toujours pas ! Si grand-mère était si riche, pourquoi vivait-elle..., pourquoi vivions-nous misérablement sur la lande ?

— Parce que ta grand-mère aimait la vie simple. Je te l'ai dit, c'était une femme extraordinaire, sans prétention, au caractère indépendant. La lande était le seul endroit qui lui convenait...

— Oui, maintenant je comprends, murmurai-je.

Nous restâmes un moment silencieux, plongés dans nos pensées respectives.

— Que vas-tu faire à présent, Zillah ? demanda Jacks Combs.

— Je n'en sais rien.

— Tu seras toujours la bienvenue ici.

— A Byrnne ?... Alors qu'on y détestait grand-mère, et moi-même aussi, j'en suis sûre !

Jack Combs soupira.

— Je t'ai dit que ce n'était pas exact. Il n'y a par ici qu'un petit nombre de gens superstitieux.

Un sang nouveau coule dans les veines de ceux de votre génération ! Ainsi nous allons avoir une voie de chemin de fer qui traversera le pays, et on dit que c'est déjà dépassé !... Mais peut-être, maintenant que tu as de quoi subsister, préférerais-tu louer un joli petit appartement à Londres ?

— A Londres ? Je n'y pense guère, pas plus qu'à un joli petit appartement ! (Je désignai de la main les papiers épars sur le bureau de Jack Combs.) Je... je donnerais volontiers tout cela pour que grand-mère revienne !

De nouvelles larmes me montèrent aux yeux.

— Hélas ! c'est impossible ! Sois raisonnable, Zillah. Tu es jeune, tu as toute la vie devant toi. Un jour tu te marieras, et...

Je pensai à Richard et la soudaine amertume qui m'emplit la gorge avait un goût de fruit vert.

— Non, jamais je ne me marierai !

— Tu dis cela maintenant, ma chérie...

Il y eut un court silence, pendant lequel je méditai.

— Peut-être ferai-je reconstruire la maison, pour y vivre comme le faisait grand-mère...

— Elle ne serait pas enchantée d'entendre cela ! Elle voulait que tu deviennes une dame, et que tu te maries.

— Mais, elle vivait heureuse dans sa solitude !...

— C'était une femme exceptionnelle... (J'allais répliquer mais il m'arrêta d'un geste.) Nous discutions souvent ensemble de ton avenir, elle et moi, et elle me disait que tu ne pourrais être heureuse si tu te confinais sur la lande.

— Oh ! comment pouvait-elle...

Je me souvins alors du jour où je revenais de *Moorsend Manor* tout excitée pour avoir entrevu Richard, et aussi Malcolm, même s'il n'était qu'un cousin éloigné, et avec quelle ardeur j'avais décrit le manoir et tout ce qui l'embellissait. Grand-mère en avait déduit que j'aspirais à vivre en compagnie de gens élégants, à m'entourer de luxe, alors que tout ce que je souhaitais, c'était d'avoir une famille et d'être aimée !

— Pour l'instant, Zillah, je suggère que tu retournes au collège, que tu termines le mois, et ensuite tu verras...

Je retournai donc à l'école de Mlle Young, suivant le conseil de Jack Combs.

Le devoir de Rose Brunswick était de me réprimander sévèrement pour avoir quitté l'établissement sans permission. Elle s'en acquitta, mais avec modération. Je crus déceler sur son visage une expression bizarre tandis qu'elle me parlait. Etait-ce de la perplexité ou de la crainte ? Je n'aurais su le dire avec certitude. Mais, quand j'eus distingué la même lueur dans le regard de mes camarades de classe, j'interrogeai Sandra.

— Elles se demandent toutes, répondit-elle, comment tu as pu savoir que ta grand-mère était morte avant même d'avoir reçu le télégramme.

— Et que leur as-tu dit ?

— Simplement, que tu le savais.

Je ne fus pas étonnée quand deux filles, Janet et Luella, vinrent me trouver, à l'heure du coucher, pour me demander de bien vouloir leur prédire l'avenir ! Je refusai, mais cela n'empêcha pas les autres de me harceler, les jours suivants, et je cédai, finalement.

— Je ne lirai dans les lignes de la main qu'à une seule d'entre vous ! Tirez à la courte paille celle que le sort désignera.

Ce fut Sandra. J'inventai une invraisemblable histoire de voyage à l'étranger, à l'issue duquel Sandra rencontrait un comte français qu'elle épousait !

J'avais écrit à Malcolm pour lui annoncer la mort de grand-mère, et le bon garçon entreprit un long voyage pour venir me voir.

Il arriva un samedi.

Après m'avoir exprimé ses condoléances, il me dit :

— Vous avez toujours la possibilité d'aller vivre avec mon oncle et ma tante à Paris.

— Merci, mais... les grandes villes ne m'attirent pas.

Bien que ce fût la stricte vérité, il y avait une autre raison à mon refus : je me remémorais la brève et peu flatteuse description que grand-mère avait faite de la tante Deborah...

— Si vous changez d'idée, faites-le-moi savoir, dit Malcolm.

Il me prit la main, se leva.

— Je le ferai en ce cas. Vous et les Combs êtes les seuls amis qui me restent...

Il me sourit, me serra la main et prit congé.

C'était la veille de mon dernier jour au collège. J'étais fort indécise : allais-je retourner à Byrnne ou accepter l'invitation de Sandra qui m'avait invitée à me joindre à sa famille pour un voyage sur le continent ?

La concierge pointa son nez dans l'entrebâillement de la porte.

— Mademoiselle Ashland, un visiteur pour vous ! annonça-t-elle. Un gentleman !

Pensant qu'il s'agissait de Malcolm, je ne pris pas la peine de me recoiffer ni d'ôter mon tablier de classe, et je descendis l'escalier.

J'entendis des voix en provenance du parloir, celle de Mlle Young et celle d'un homme. J'écoutai plus attentivement. Alors ma respiration s'arrêta, et mon visage s'empourpra. Richard Cates !... Ma première idée fut de m'enfuir. Mais le son de cette voix, l'idée de sa présence, me retinrent. Je chiffonnai un pan de ma jupe, avalai péniblement ma salive et ouvris la porte. Il était assis près de Mlle Young et me tournait le dos. Je fis un pas en avant ; il se retourna, se leva d'un bond. Je me tins raide et guindée, selon les bons principes inculqués par Rose Brunswick, et tendis la main en disant :

— Comment allez-vous, capitaine Cates ? C'est aimable à vous de me rendre visite...

A ma grande surprise, je le vis s'empourprer.

— Je suis venu parce que...

Par-dessus son épaule, il lança un regard à Mlle Young dont la bouche esquissait une grimace qui se voulait probablement un sourire.

— ... parce que j'avais quelque chose à vous dire. Voulez-vous que nous sortions un instant ?

La même scène se reproduirait-elle ?

— Sans doute ne connaissez-vous pas le règlement du collège...

— J'ai arrangé cela !

Richard me prit par le bras et m'entraîna hors du parloir.

— Qu'y a-t-il ? demandai-je quand il eut fermé la porte derrière nous.

— Sortons ! répliqua-t-il. Le temps est très doux, vous n'avez pas besoin d'un vêtement.

Côte à côte nous avions franchi le seuil, descendu les marches du perron, et maintenant nous dépassions le portail. Ma curiosité ne cessait de croître.

— Avez-vous appris que ma grand-mère était morte ? dis-je, pensant que c'était pour me présenter ses condoléances qu'il accomplissait cette visite.

Une expression d'étonnement se peignit sur son visage.

— Je suis navré, mais je n'en savais rien ! Je... je n'ai pas revu les Cools. Quand cela est-il arrivé ?

Je lui racontai tout et il répéta :

— Je suis navré !

Nous longions une avenue bordée de grands ormes quand une voiture attelée nous dépassa bruyamment.

Je rompis le silence :

— Qu'aviez-vous à me dire, capitaine Cates ?

Il se tourna vers moi, son regard se mit à briller.

— Je vous en prie, appelez-moi Richard !... Tout d'abord, je voulais vous présenter mes excuses pour m'être comporté aussi grossièrement envers vous...

— J'ai cru que...

— C'était ma faute ! Je me sens coupable... Je dois avouer, malgré toute la honte que j'en ressens, que je vous avais donné ce rendez-vous dans l'intention de... de vous séduire.

Je ne puis prétendre que cette déclaration me choqua, mais je sentis que je devais dire quelque chose, n'importe quoi...

— Ah !... Mais pourquoi ce revirement ?

— Cette nuit-là, lorsque j'ai vu votre visage, ces grands yeux où se reflétaient les rayons de lune..., et quand vous m'avez dit que vous m'aimiez... (Il toussota et poursuivit, d'une voix bourrue :) Voyez-vous, Zillah, je n'excelle pas dans les discours, j'ai voulu essayer de me racheter, de vous écrire pour... Oh ! et puis tant pis ! Voulez-vous m'épouser ?

Tous les principes que j'avais péniblement assimilés chez Mlle Young, en particulier la façon dont une jeune fille « comme il faut » devait accueillir une proposition de mariage, fondirent en une seconde. Je demeurai bouche bée.

— Je vous aime, dit Richard avec tendresse, presque avec timidité. (Il m'effleura la main.) J'espère... que vous étiez sincère quand vous m'avez dit...

— O Richard, je le pensais vraiment !

Richard m'attira, m'embrassa ; je lui rendis ses baisers ; nous nous séparâmes pour mieux nous regarder. Ensuite, nous rîmes éperdument.

Nous étions plongés dans un véritable délire quand une voix indignée lança derrière nous :

— Une pareille tenue, en public ! Où allons-nous, grand Dieu !

C'était sans doute un passant. Mais rien n'était important au monde que nous deux !

CHAPITRE IV

Jack Combs avait pensé que mon deuil n'était pas un obstacle à notre mariage.

« Ta grand-mère aurait approuvé cette idée », avait-il dit.

Seuls assistèrent à la cérémonie Jack et Mary Combs et Malcolm Culpepper qui était venu de Londres où il exerçait à présent la profession d'avocat. (Bien entendu, j'avais invité Sandra, mais celle-ci n'avait pas voulu renoncer à son voyage sur le continent.)

Juste avant notre départ pour notre voyage de noces, Malcolm me retint et m'entraîna à l'écart.

— Il ne faut pas oublier que je suis votre ami, dit-il avec gravité. Si jamais vous aviez besoin de moi...

— Besoin de vous ?...

Je me penchai et l'embrassai.

— Cher Malcolm, toujours aussi dévoué ! Je vous remercie toutefois.

Tandis que nous nous éloignions, Richard et moi, la main dans la main, riant et envoyant des baisers à nos trois amis restés sur le seuil, je pensai que jamais plus je n'aurais besoin de qui que ce fût d'autre que Richard. Mais c'était avant *Wuthersfield*...

Richard ne m'avait fait de *Wuthersfield* qu'une vague description : « Euh ! c'est une immense propriété. C'est vieux, je crois que cela date de l'époque des Tudor (*). Il y a une authentique salle des Ménestrels ; j'ose dire que peu de maisons en possèdent encore. Et... Eh bien, tu jugeras de tout cela bientôt par toi-même ! »

J'avais laissé vaguer mon imagination... J'avais imaginé un imposant château dressé à l'extrémité d'une allée bordée de tilleuls, une vaste demeure de brique rouge aux multiples fenêtres plein cintre et à meneaux, entourée d'un parc verdoyant. Or, *Wuthersfield* ne ressemblait à rien de cela. La première vision que j'en eus fut celle d'une allée creusée de fondrières et encombrée de mauvaises herbes, au-delà des piliers effondrés du portail. Des tuiles tombées du toit jonchaient le sol, les cheminées étaient noires d'une suie accumulée depuis des décennies. Une épaisse masse de lierre grimpait sur les murs de la façade, dissimulant la plupart des fenêtres.

En me rapprochant, je constatai que beaucoup de volets étaient cassés ; certains pendaient, retenus par un seul gond couvert de rouille.

— On va arranger tout cela ! s'écria Richard

---

* Entre 1485 et 1603, la famille des Tudor donna cinq souverains à l'Angleterre.

sur un ton gai, comme s'il avait perçu la déception que j'éprouvais.

Avant que nous ne partions pour notre lune de miel, il avait engagé des domestiques, c'est-à-dire une quinzaine de jours avant notre départ pour Paris. Egalement, il avait installé à *Wuthersfield* son cousin, Arthur Cates, et la femme de celui-ci, Evelyn. « En ce moment, ils tirent le diable par la queue, avait-il dit. Mais ils seront pour toi d'une aide précieuse. » Je n'avais pas accordé un grand intérêt à cette déclaration. Nous étions alors à Paris ; j'étais si heureuse que je ne voyais la vie que sous des couleurs gaies. Devrais-je même dire « heureuses » ? Le terme est trop faible pour exprimer ma béatitude, mon extase, ce bonheur fébrile. Richard était le mari le plus tendre, le plus passionné que j'eusse pu imaginer. De plus il se montrait un excellent guide dans cette merveilleuse cité qu'il connaissait si bien, et pendant dix extraordinaires journées, nous avions « flotté », main dans la main, à travers l'immense ville...

Mais je devais à présent affronter la réalité...

Un homme à la peau couverte de cicatrices et pourvu d'une jambe de bois nous ouvrit la porte.

— Ah ! capitaine, vous voilà enfin ! s'écria-t-il. Nous commencions à nous demander... quand vous vous décideriez !

Il s'était mis à rire en secouant la main de Richard, et il me lançait maintenant un regard oblique.

— Voici ma femme ! dit Richard. Zillah, ma chérie, je te présente le sergent Walls. Il était avec moi en Afrique.

Le sergent Walls se raidit, attentif. Puis il se tourna vers mon mari.

— Nous venions juste de nous installer pour une partie de cartes, et je disais : « Si seulement le capitaine était là !... » Et puis, bon Dieu, vous voilà-t-y pas ?...

— Je suis content de savoir que je vous ai manqué, dit Richard avec satisfaction.

— Les autres sont là aussi. (Le sergent Walls fit un signe de sa tête rasée.) Nous avons aménagé une salle de jeux à l'arrière de la cuisine. Handy s'y connaît ! (Il cligna de l'œil avec hardiesse.) Venez donc voir...

Richard s'élança pour le suivre à l'intérieur. A cet instant, il se figea, se retourna et m'aperçut, toujours debout sur les marches du perron.

Il s'écria :

— Mais que diable... Oh ! j'allais oublier !...

Il éclata de rire, vint me prendre dans ses bras et me fit traverser le vestibule en tournoyant sur lui-même. Quand il me déposa, j'eus le temps de voir le sergent qui disparaissait au fond du vaste hall d'entrée.

C'était une pièce lugubre, froide, grise. Une pâle lumière pénétrait à travers de hautes fenêtres aux vitres sales, serties de plomb. Dans la cheminée s'amoncelait un gros tas de cendres qui s'étaient transformées en flocons et souillaient le sol tout autour. Du parquet nu suintait une humidité qui me glaça jusqu'aux os.

— Excuse-moi un instant, chérie, dit Richard. Je vais voir si je peux trouver quelqu'un pour transporter nos bagages.

Il disparut par la même porte que le sergent

et je restai seule, écrasée par les dimensions de la pièce. Immobile, je considérais tout ce qui m'entourait, les yeux élargis, et à mesure que les minutes s'écoulaient je me sentais devenir de plus en plus petite par un étrange phénomène. Un temps très long passa de la sorte. Enfin des bruits de pas retentirent, en provenance de l'escalier à ma droite. Je levai les yeux et vis une femme qui descendait. Dans la pénombre, elle m'apparut presque familière ; son visage lançait un curieux appel à ma mémoire, comme une chanson que l'on n'aurait pas complètement oubliée.

— Vous êtes Zillah ! me dit-elle en souriant.

Ses cheveux étaient couleur d'ardoise, séparés par une raie et relevés en chignon au-dessus d'un visage mince. Elle portait une robe grise avec un corsage lacé, ornée de ganses, une robe fort démodée. Elle vint à moi.

— Je suis Evelyn, la femme d'Arthur.

Je murmurai que j'étais enchantée de la connaître, et nous nous embrassâmes. Je m'aperçus alors qu'elle était plus âgée qu'elle ne m'avait paru au premier abord. Son front était sillonné de rides profondes, une « patte d'oie » griffait l'angle externe de ses yeux.

— Vous êtes encore plus jolie que Richard ne nous l'avait écrit ! s'écria-t-elle.

— Je vous remercie...

Elle avait les yeux d'une singulière couleur brun-jaune, et par la suite je remarquai que ses prunelles avaient la faculté bizarre de changer de forme selon l'intensité de la lumière.

Elle annonça, avec un sourire :

— Arthur sera bientôt là.

Autre particularité d'Evelyn, ce sourire, qui, je m'en aperçus également plus tard, était figé sur ses lèvres, perpétuellement. Il était difficile de savoir quelles pensées, quels sentiments il dissimulait ; c'était une sorte de masque et je me demandais parfois si en dormant elle l'arborait aussi.

— Richard ne nous avait pas avertis de votre arrivée !

— Nous n'en avions pas nous-mêmes fixé la date, répondis-je en croisant les bras pour réprimer un frisson de froid.

— Oh ! veuillez m'excuser, Zillah ! Je suis toujours distraite... Il ne fait pas chaud ici, venez dans la bibliothèque où il y a un bon feu.

Le feu était en réalité quelques languissantes flammes, et la pièce immense, surmontée d'un haut plafond, était à peine moins glacée que ne l'était le hall. Il y flottait une odeur de moisissure, une épaisse couche de poussière recouvrait tout et la clarté du jour, qui parvenait à travers les fenêtres, se trouvait obscurcie par deux énormes pins sombres et touffus.

— Nous avons eu tant d'ennuis ! dit Evelyn. Il a été impossible d'obtenir un service convenable. J'ai donné des ordres pour que l'on nettoie cette pièce... Oh ! cela doit dater de trois jours déjà, mais on dirait que peu de chose a été fait !

Je regardai autour de moi... D'après le manteau de cheminée noirci par la suie, les toiles d'araignée dans les angles obscurs de la pièce, je conclus qu'en effet on avait à peine ébauché le nettoyage.

Evelyn m'expliqua que c'était la fille de cuisine qui en avait été chargée.

— Est-elle la seule domestique à pouvoir le faire ?

— Du moins la seule à y consentir ! Les autres prétendent que c'est au-dessous de leur condition...

Je haussai les sourcils, mais avant que j'eusse pu parler, un homme entra, un homme d'une grande taille, aux épaules larges et à l'abondante chevelure poivre et sel. Il portait un grossier pantalon brun, une vieille veste en peau de mouton et d'épaisses bottes couvertes de boue.

— Arthur, dit Evelyn, Richard vient d'arriver et cette charmante créature est son épouse.

Arthur Cates grimaça un sourire qui révéla des dents protubérantes, appuya son fusil contre un mur et jeta à terre son carnier.

— Ah ! comment allez-vous ? dit-il en s'approchant de moi, la main tendue. Ainsi notre hôte est arrivé ?

« Notre hôte »... Offusquée, je me redressai fièrement.

— Je m'appelle Zillah, je suis madame Cates, la femme de votre..., du capitaine Cates, dis-je d'un ton glacé. (Puis j'ajoutai, avec un sourire à double sens :) Et je suis très heureuse de me trouver chez moi.

Arthur Cates jeta un coup d'œil à sa femme par-dessus mon épaule.

— Ah ! c'est vrai !... Chérie, je suppose que je n'ai pas dit ce qu'il fallait ?... Je ne réalisais pas que... C'est qu'elle est bien jeune !

— Je suis une femme mariée ! dis-je avec la même froideur.

— Oh ! oui, naturellement !... Mais, où est donc Richard ?

— Il est allé s'occuper de nos bagages.

Je me demandais pourquoi il tardait tant ; la maison l'avait-elle avalé ?

Je pris place dans un fauteuil, à côté d'Evelyn, et Arthur s'empara d'une chaise.

Je lui demandai poliment :

— Vous revenez de la chasse ?

— Eh oui ! répondit-il avec un ricanement. Mais je n'ai pas eu de veine, il y a peu de gibier par ici, en fait !

Ensuite un grand silence régna dans la pièce. Evelyn souriait dans le vague, Arthur restait affalé et me décochait de temps à autre un regard furtif. Finalement je rompis ce lourd silence :

— Est-ce que je pourrais voir nos chambres ?

Evelyn se leva aussitôt.

— Mais bien sûr ! Rosie doit être en train de s'en occuper... Je monte vite voir si elle a terminé.

— Je pourrais vous accompagner si vous n'y voyez pas d'inconvénient ?

— Venez, ma chère...

Je suivis Evelyn hors de la bibliothèque, puis dans un vaste escalier...

Parvenues à l'extrémité d'un couloir, nous nous arrêtâmes devant une porte.

— Je vous laisse, je dois aller veiller aux préparatifs du repas, dit Evelyn.

J'ouvris la porte et pénétrai dans une chambre glaciale dont le plafond se situait à une hauteur très grande. La première chose que je remarquai fut un lit, un énorme lit à baldaquin, où ne se trouvait que le matelas. Des toiles d'araignée formaient des festons d'une colonne à l'autre du baldaquin. Désappointée, j'examinai la pièce, et j'aperçus une petite fille, toute menue, qui semblait avoir à peu près onze ans. Elle faisait une chose étrange : elle rampait sur le foyer de la cheminée et tentait de soulever une bûche. Elle ne regardait pas de mon côté, mais je vis ses épaules et son dos se crisper sous l'effort.

— Laisse-moi t'aider ! m'écriai-je en m'avançant vers elle.

La petite laissa tomber la bûche, tourna vers moi un visage congestionné par la tension musculaire.

— C'est pas la peine de vous déranger, m'dam' ; j'y arrive...

Elle avait un air famélique, la peau de son petit visage émacié se tendait sur des pommettes saillantes.

— Tu es bien Rosie, n'est-ce pas ? Cela ne me dérange pas le moins du monde de t'aider.

Je m'agenouillai près d'elle, et ensemble nous soulevâmes la grosse bûche que nous déposâmes sur la grille. Rosie présenta une allumette aux brindilles disposées au-dessous, et quelques instants après des flammes s'élevèrent dans la cheminée. Immobile, je leur tendais mes mains tandis que Rosie commençait à balayer la chambre. Celle-ci était sale, pleine de poussière, tout comme la bibliothèque. Comment pouvait-on attendre d'une petite fille qu'elle vînt à bout d'une crasse accumulée durant des années de négligence.

— Il n'y a personne pour t'aider ?

— Non, m'dam' !

Je la regardai fixement, puis je pris une décision.

— Ecoute, Rosie, si tu peux me procurer un

autre balai, un seau d'eau chaude et une brosse à récurer, je crois qu'à nous deux nous pourrions rendre cette pièce propre en peu de temps !

Elle me dévisagea, ébahie.

— Mais vous êtes la maîtresse, et...

— ... et c'est pourquoi je tiens à ce que ma maison soit propre, dis-je en la rassurant d'un sourire. Allons, va !

Dès qu'elle fut partie, je retroussai mes manches et me mis à battre le matelas après avoir ouvert la fenêtre. Je réussis à le traîner sur l'appui où je le laissai s'aérer.

Rosie revint, porteuse de tout ce que je lui avais demandé, et nous nous mîmes à balayer, épousseter, astiquer.

Mise en confiance, la petite commença à me raconter sa vie... Elle était la troisième d'une famille de neuf enfants. Son père, Sam Pike, avait loué une petite ferme dans les environs, dont il tirait une précaire subsistance, si précaire même que lorsque Rosie eut atteint l'âge de treize ans — elle ne semblait guère les avoir ! — elle dut aller travailler. Evelyn la prit à son service.

— Comment sont les autres domestiques ? demandai-je.

— C'est une drôle d'équipe ! répliqua-t-elle en hochant la tête. Si vous permettez que je parle franchement...

En moins d'une heure et demie, la pièce était transformée, le lit tendu de draps propres, de couvertures en assez bon état, et recouvert d'une mousseline brodée que j'avais dénichée dans le placard. Le bureau et les tables astiqués à la cire d'abeille luisaient. Nous avions nettoyé les lampes.

(Certaines commodités, tel par exemple le gaz d'éclairage, n'avaient pas encore fait leur apparition à *Wuthersfield*.)

— Bien, voilà qui est mieux ! dis-je en contemplant notre œuvre avec satisfaction.

Après que Rosie fut partie, chargée des balais et des seaux, je pensai tout à coup à Richard. Où avait-il pu aller ? Peut-être était-il occupé au jardin ? ou à l'écurie ?... Mais, il aurait pu m'en prévenir ! De surcroît personne n'avait monté nos bagages, et j'aurais aimé changer de vêtements après notre long voyage. Mon corsage et ma jupe, déjà froissés et salis, n'avaient pas résisté à cette séance de nettoyage. En outre, j'étais affamée. Evelyn avait bien annoncé qu'elle allait se charger du repas, mais il était déjà 14 h 30 !...

Du mieux que je pus, je mis un peu d'ordre dans ma tenue, puis sortis et descendis l'escalier. Ce fut alors que je vis une petite galerie qui traversait le hall, la fameuse salle des Ménestrels, sans aucun doute. Je me demandai combien de temps s'était écoulé depuis que les musiciens y avaient joué pour la dernière fois et diverti les gens de *Wuthersfield !*

Parvenue au bas du grand escalier, je fis une pause. Cette fois encore j'eus l'impression de rapetisser...

J'essayais de dissiper cette impression quand du coin de l'œil je perçus un mouvement furtif. Une forme indistincte se déplaçait rapidement... Je tournai la tête ; il n'y avait rien, excepté un timide rayon de soleil qui tremblait au ras du sol sur la pierre humide... Je réprimai un frisson, fis quelques pas pour me réchauffer, et seul résonna le bruit de mes pas dans le vide.

Je traversai le hall, atteignis la porte par laquelle j'avais vu Richard disparaître.

De l'autre côté se trouvait une grande cuisine, où seule se tenait Rosie, assise devant une table, en train d'éplucher des pommes de terre.

Je commençais à me demander si elle et moi n'avions pas été complètement abandonnées. Mais tout à coup j'entendis un éclat de rire mâle, provenant de l'entrebâillement d'une porte, à l'extrémité de la pièce. Je m'approchai, poussai la porte et aperçus un groupe d'hommes en manches de chemise, qui jouaient aux cartes sur une table encombrée de bouteilles de vin et de chopes de bière... Richard était là, un cigare coincé entre les dents. Il leva les yeux, stupéfait, et s'écria :

— Zillah !

Les autres, dont le visage rubicond attestait des abus de l'alcool, se retournèrent avec un ensemble parfait et me dévisagèrent. Sous la table, un énorme dogue se mit à grogner, puis ce grognement se mua en un gémissement plaintif quand un rude coup de botte le projeta sur le côté.

— Zillah ! répéta Richard.

Il bondit sur ses pieds et repoussa si rudement sa chaise qu'elle s'abattit par terre avec fracas.

— Oh ! Zillah !... J'oubliais complètement...

Il vint à moi, entoura mes épaules de son bras.

— Compagnons, lança-t-il avec solennité, il faut que vous fassiez connaissance avec ma ravissante épouse ! Levez-vous, et découvrez-vous quand on vous présente à une dame !

Les pieds des chaises grincèrent sur le sol, tous se redressèrent maladroitement.

— Arthur, et vous, sergent Walls, je crois que vous l'avez déjà vue...

Arthur Cates ricana, le sergent me lança un regard énigmatique et remua les lèvres sans articuler un son.

— Colby, Wympole, Travis...

Ces hommes, qui firent sur moi une première impression désastreuse, avaient quelque chose de commun : leur visage était balafré, buriné par les intempéries. Ils inclinèrent la tête et bredouillèrent des paroles de bienvenue. Ils se montraient au fond assez courtois ; cependant j'éprouvai à leur égard un subtil sentiment de rancune.

— J'ai troublé votre partie de cartes, dis-je avec une amabilité feinte. Je vous en prie, asseyez-vous.

— Voilà qui est parfait ! marmotta Richard dont l'élocution était confuse. La partie est finie de toute façon. As-tu visité les lieux, chérie ?

— Je... Oui, mais... je pensais...

J'aurais voulu lui demander pourquoi il m'avait laissée seule dans le hall, moi qui ne connaissais pas la maison, pour s'en aller jouer aux cartes ! Mais les yeux de tous ces hommes étaient fixés sur moi, comme s'ils attendaient que j'adressasse à Richard un reproche qu'ils estimaient inévitable. Mais je n'avais pas l'intention de les satisfaire.

— Je cherchais le cuisinier, dis-je simplement.

— Le cuisinier ?... Alors c'est l'endroit rêvé où le découvrir ! Colby !

Un homme, dont une horrible cicatrice défigurait le visage, rejeta les épaules en arrière.

— Ouais, *sir*...

— A la cuisine, Colby ! Et maintenant... (Richard se tourna vers moi.) Mais pourquoi cherchais-tu le cuisinier, ma chérie ?

— Pour qu'il prépare le repas : l'heure du déjeuner est passée depuis longtemps !

— Vraiment ?... Ah ! j'ai un petit creux à l'estomac ! (Le ton était ironique et il se tapotait la panse.) Colby, tu dois préparer le repas !

Je regardai le dénommé Colby : il se balançait d'avant en arrière en clignant de ses paupières bordées de rouge. Mon mari se moquait-il de moi ?

— Richard..., je..., peut-être n'as-tu pas compris ?...

Je l'avais déjà vu boire, mais il n'avait jamais manifesté le moindre signe d'ivresse. Qu'il pût se livrer à de tels excès, et cela dès notre arrivée à *Wuthersfield,* me causa une peine immense. Je poursuivis d'une voix incertaine :

— Richard, je voulais parler du cuisinier...

— Mais *c'est* le cuisinier, Zillah ! C'est un as... En Afrique et en Inde, il s'acquittait fort bien de cette tâche... Pas vrai, Colby ?

— Très certainement, cap'tain'.

— Et les autres ? demandai-je avec anxiété.

— Ah oui ! les autres !... Ce sont tous de bons gars. Walls est notre sommelier, Colby le cuisinier — mais je l'ai déjà dit, n'est-ce pas ? Voyons... Wimpole s'occupe des écuries, Travis sert à table, entre autres choses. Arthur... Eh bien, Arthur est le porte-clés !

Tels étaient donc les domestiques que Richard avait recrutés ! Ces domestiques jugeaient que le nettoyage était indigne d'eux !... Et, à en juger par la situation présente, ils semblaient ne se soucier de rien, sinon de boire, de jouer aux cartes, et de tenir compagnie à Richard. A un moment, à un autre, ils avaient dû être à son service, et il les avait tous invités à venir à *Wuthersfield*. En considérant ces individus au visage ravagé par l'alcool, et qui titubaient, la contrariété que j'avais éprouvée d'abord se mua très vite en une colère indicible. Je crus que j'allais céder à l'impulsion de les jeter dehors sur-le-champ. N'étais-je pas la maîtresse de *Wuthersfield ?...* Mais Richard pressa sa main sur mon épaule, et il me conduisit à la porte.

— Chérie, pourquoi ne t'installerais-tu pas confortablement dans la bibliothèque pendant que Colby nous composerait un repas ?

— Mais, Richard, et nos bagages ? Je voulais changer de vêtements.

— Ah oui ! les bagages !... (Il lança un coup d'œil derrière lui.) Bon, je vais m'en occuper, mais laisse-moi le temps de faire une dernière partie.

Il posa un baiser léger sur mes lèvres.

— Tu n'y vois pas d'inconvénient, n'est-ce pas ?... Je t'adore !

Puis il retourna, tout joyeux, à son jeu de cartes.

« Bien, me dis-je en poussant un soupir, je l'ai épousé pour le meilleur et pour le pire... Si j'avais préféré une existence tranquille et rangée, aurais-je choisi un tel époux ? » Des hommes aussi impétueux et romanesques ne pouvaient avoir l'esprit pratique, je ne pouvais attendre de lui qu'il reniât ses vieux compagnons... Je me dis que le temps, et ma patience, l'amèneraient graduellement à une conception plus raisonnable de l'existence. Mais quand je vis Rosie, penchée au-dessus du poêle, remuer quelque chose dans un grand récipient, quand j'examinai sa silhouette frêle, je me dis que l'entière responsabilité de la maison reposait sur sa chétive personne et la colère m'envahit à nouveau.

— Laisse cela ! lui dis-je avec impatience. C'est monsieur Colby qui se chargera de préparer le déjeuner.

— Mais, m'dam', c'est lui qui m'a...

— Peu importe les ordres qu'il t'a donnés ! Tu as suffisamment à faire... Laisse !

— Bien, m'dam'. S'il vous plaît, m'dam', qu'est-ce que je dois faire alors ?

— Oh !... fais donc reluire quelque pièce d'argenterie !

J'étais révoltée à l'idée que des hommes robustes restaient assis à jouer aux cartes, pendant que Rosie, qui semblait n'avoir jamais mangé un repas convenable de sa vie, devait se tuer au travail. Soudain, ses yeux s'emplirent de larmes, et je compris qu'elle ne pouvait deviner mes pensées.

— Je suis désolée, ma petite, lui dis-je avec le plus de douceur possible, ce n'est pas ta faute. Et puis, il faut que tu ailles te reposer. C'est cela, pourquoi ne vas-tu pas te reposer un moment dans ta chambre ?

Elle sembla plus désemparée que jamais. Une larme roula sur sa joue, puis une autre, et je crus que je n'allais pas pouvoir résister à l'envie de pleurer avec elle. Mais je ne devais pas m'abandonner au désespoir !

— Tant pis, murmurai-je, continue à faire ce que tu faisais et ne te tourmente pas.

Je la laissai, je craignais en restant là de l'embarrasser davantage.

CHAPITRE V

Une fois dans le hall, je ne me préoccupai plus du cas de Rosie. Il y avait dans cette haute pièce voûtée une résonance étrange, outre le froid glacial et la pénombre qui y régnaient. Je m'en fis mentalement la réflexion et me proposai de demander à Richard qu'il obtînt l'entretien d'un feu permanent dans l'immense cheminée. La lueur des flammes chasserait en partie les ténèbres. Je me dirigeai vers la bibliothèque et, comme je me trouvais au centre de la pièce, j'eus tout à coup le sentiment que l'on venait d'ouvrir une porte. Un courant d'air me balaya la nuque, la pointe de mes cheveux se souleva. Je regardai tout autour de moi, ne vis que des portes fermées. Ce souffle d'air devait provenir de la cheminée... Pourtant, je n'avais pas senti l'odeur de la cendre, mais plutôt celle, âpre et forte, que dégage de la terre fraîchement remuée. C'était... Oh non ! pas de mélodrame !... C'était l'odeur qui se répand autour d'une tombe ouverte... A cette comparaison, que je ne pus chasser de mon esprit, j'eus un violent frisson. J'entendis alors une sorte de froissement qui semblait provenir d'un des angles de la pièce, mais le silence se rétablit très vite. J'écoutai encore. Rien... Haussant les épaules, je levai alors les yeux, machinalement...

Mon sang se figea dans mes veines : là, pendant au-dessus de la balustrade de la galerie, une corde avec un nœud coulant à son extrémité se balançait lentement, comme le pendule d'une horloge...

Jamais rien ne m'avait effrayée jusque-là, rien ni personne, du moins pas au point où je l'étais alors. Une horreur glacée paralysait mes membres et faisait battre dans ma poitrine mon cœur affolé, tandis que je fixais la corde qui se balançait inexorablement. A bien examiner le fait, il n'y avait rien d'effrayant à ce qu'une corde se balançât, même si celle-ci se terminait par une nœud coulant... J'avais beau tenter de me raisonner, je *savais* que cela avait une signification tragique, affreuse, et que ce spectacle m'avait été réservé. Je ne sais combien de temps je demeurai ainsi — une minute ou une heure ? — immobile, pétrifiée.

Enfin je recouvrai un semblant de vie, et j'entendis ma propre voix, éraillée, méconnaissable, résonner dans la pièce vide :

— Qui est là ?... Y a-t-il quelqu'un ?...

Je crus distinguer une forme sombre derrière la balustrade, mais il faisait trop sombre pour que j'en fusse sûre.

— Qui est là ? criai-je encore.

Sous la voûte, l'écho répéta : « est là... est-là... est là... là... » Alors, comme en réponse à ma question, la corde entama un mouvement de plus en plus ample, de plus en plus rapide. Prise de panique, je me ruai vers la porte que je venais de franchir en trébuchant.

En me voyant traverser la cuisine, Rosie me dévisagea d'un air d'intense stupéfaction.

Je pénétrai dans l'autre pièce en coup de vent. Richard sursauta en levant les yeux au-dessus de ses cartes.

— Que t'arrive-t-il ?... Tu es pâle comme un linge !

— Viens dans le hall, Richard ! Je... je veux te montrer quelque chose !

S'il avait hésité un instant à s'arracher à sa partie, je crois que je me serais mise à hurler. Mais il se leva, s'approcha de moi.

— Tu trembles..., dit-il.

Il entoura ma taille de son bras.

— Je t'en prie, Richard... Le hall...

Il me précéda en répétant :

— Eh bien, quoi donc ?

Je levai les yeux vers la galerie. Il n'y avait rien, plus rien !... La galerie était plongée dans l'ombre. Pas de corde, pas de nœud coulant, rien !

— Je... j'ai vu une corde... là ! (Je désignai l'endroit du doigt.) Richard, il y avait une corde qui se terminait par un nœud coulant !...

Je sentais ma gorge se serrer, j'étais au bord de la crise de nerfs. Il me passa la main sur le visage.

— Tsss... Ma chérie, je ne vois pas de corde !

— Mais, Richard, je suis sûre qu'elle était là !

— Tu es fatiguée, ma chérie, et aussi affamée. Pourtant, si tu penses qu'il y a quelque chose là-haut, nous irons y jeter un coup d'œil.

Et, me tenant toujours par la taille, il me guida

vers l'étroit escalier en colimaçon. Dans la sombre galerie où autrefois des airs joyeux de viole avaient résonné, un lourd silence s'appesantissait, amorti par une poussière séculaire. Sur les murs on voyait de ternes portraits décolorés pris dans l'enveloppe des toiles d'araignée, et leurs yeux se posaient sur nous, éteints et mornes.

— Eh bien, Zillah, ma chérie ? dit Richard en me serrant dans ses bras. Es-tu satisfaite maintenant ?

J'étais fort loin d'être satisfaite. J'avais vu une corde et cette vision avait provoqué en moi une épouvante sans nom, mais que pouvais-je dire, face à l'évidence ? Car il était évident que personne n'avait mis un pied dans cette galerie depuis longtemps !

Comme nous faisions demi-tour pour nous en aller, je remarquai une porte, au fond.

— Où conduit-elle ? demandai-je.

— Je l'ignore, répondit Richard, mais il y a un moyen de le savoir...

La porte était fermée, il me laissa patienter sur place pendant qu'il descendait chercher la clé. Curieusement, je constatai que je n'avais plus peur de rester seule. Toutes mes craintes semblaient s'être évanouies. J'examinai nerveusement la balustrade, pour y déceler la trace qu'aurait pu y laisser une corde nouée autour, mais il n'y en avait aucune. Mon regard glissa vers le bas, j'aperçus Evelyn debout, dans un rayon de soleil.

— Zillah ! j'ai entendu dire que vous aviez eu peur ? lança-t-elle.

Son visage se présentait à moi sous un angle particulier, éclairé par la lumière, et je compris tout à coup pourquoi il m'avait paru familier. Le style de sa coiffure adoucissait nettement ses traits accusés ; les oreilles allongées, le nez à l'arête aiguë, le menton pointu et les yeux bridés, tout cela faisait penser à un renard... Mais l'instant d'après elle fit un mouvement et la remarquable similitude s'estompa.

— Arthur m'a raconté ce qui s'était passé. Est-ce que je peux faire quelque chose pour vous ?

— Non, merci, je... Ce n'était rien.

Avec un certain recul, ma frayeur me semblait excessive, je me sentais un peu honteuse. J'imaginais Richard rapportant mon aventure à Arthur, qui la propageait à la ronde ! Tous ces hommes devaient actuellement en parler, et sûrement en rire, et hausser les épaules.

Peut-être se disaient-ils l'un à l'autre : « C'est exactement la femme qu'il fallait au capitaine ! Son ombre suffit à l'épouvanter ! »

A cette pensée, je fus humiliée, et dis à Evelyn :

— Je descendrai dans un moment.

— Si vous avez besoin de moi, je suis dans la bibliothèque.

Quelques minutes plus tard, Richard revint. Il ouvrit la porte. Nous pénétrâmes dans un étroit passage qui sentait le moisi, et où donnaient de nouvelles portes. J'ouvris tour à tour chacune d'elles, sans savoir exactement pourquoi. Il n'y avait rien, ce n'était qu'une série de pièces minuscules plongées dans une demi-pénombre, où le peu de lumière qui passait à travers les fissures des volets dessinait de fantastiques contours sur les meubles recouverts d'un blanc linceul de poussière.

A l'extrémité du couloir se trouvait un escalier

que nous descendîmes, pour nous retrouver dans le passage qui conduisait à la cuisine et à la salle de jeux.

— Eh bien, es-tu contente ? me demanda Richard.

Je me mordis la lèvre, puis répliquai :

— Richard, est-ce que l'un d'entre-vous s'est absenté quand j'ai eu quitté la cuisine ?

Il me regarda, l'air ahuri.

— Insinuerais-tu par hasard que l'un d'eux..., que l'un de *mes* hommes... Ce serait absurde !

— Il y avait une corde, Richard, et cette mise en scène était destinée à m'effrayer, j'en suis sûre !

— Mais pourquoi voudraient-ils te faire peur ?

Il semblait incrédule. Je me remémorai leur visage renfrogné, les paroles qu'ils avaient grommelées...

— J'ai eu l'impression... Il m'a semblé qu'ils manifestaient une certaine animosité à mon égard.

— De l'animosité ? Bien sûr que non, ma chérie ! Tout cela est le fruit de ton imagination. C'est une rude équipe, j'en conviens. Ils sont tous célibataires, ils ont passé leur vie dans des baraquements ou des casernes et n'apprécient que cela. Aussi je suppose qu'ils..., eh bien, qu'ils sont plutôt maladroits avec les dames. Mais tous sont des gaillards formidables, loyaux et dévoués, et je suis certain qu'une fois que vous vous connaîtrez, vous vous entendrez à merveille.

J'essayai de me montrer impartiale, de suivre le raisonnement de Richard, mais c'était inutile. Je ne pouvais imaginer que ses compagnons d'armes parviendraient jamais à m'aimer, ni que j'arriverais à avoir de la sympathie pour eux. Et avec le temps, ma supposition devait s'avérer de plus en plus fondée.

En fait, nous étions rivaux, ces hommes et moi. Non pas des rivaux placé sur un même plan toutefois, car il ne s'agissait pas de femmes. Comme tout eût été plus simple au fond, en ce cas ! En effet, j'aurais pu me battre avec une femme, j'aurais pu me défendre. Si Richard en avait imposé une dans la maison, une ancienne maîtresse, par exemple, j'aurais pu revendiquer mes droits, protester avec la certitude de réussir à le détacher d'elle. Mais ces soldats de fortune qui avaient servi sous les ordres du capitaine, ces hommes qui avaient partagé avec lui une existence aventureuse, formaient un cercle fermé d'où j'étais inexorablement exclue. Je n'avais aucun moyen de lutter. Je devais donc accepter la situation et en tirer le meilleur parti. Je ne sus jamais ce qu'ils pensaient de moi. Quelque fois Colby laissait ses cartes et venait à la cuisine, mais la plupart du temps il m'ignorait. Peut-être quelques mots glissés à l'oreille de Richard eussent-ils obtenu que tous ces hommes s'acquittassent de leur tâche, mais je ne pouvais me résigner à les dire car, au fond de moi-même, je redoutais qu'il ne fût solidaire de ses compagnons. Aussi adoptai-je ce mode de vie, et les jours s'écoulèrent. Tout continuait — les parties de cartes, les beuveries —, et Richard passait de plus en plus de temps dans l'arrière-cuisine.

Durant la première semaine, il m'avait réservé une grande partie de ses loisirs, m'avait comblée d'attentions ; nous allions nous promener à Lyleton, un petit village des environs, ou bien nous chevauchions à travers la campagne, parcourions ensemble le jardin tout en faisant des projets. Mais ces promenades devinrent progressivement moins fréquentes, et bientôt je ne le vis pratiquement plus qu'aux heures des repas, ou lorsque je m'éveillais et qu'il regagnait son lit en titubant, à l'aube. Certaines nuits, il n'entrait même pas dans notre chambre, et cette absence était pour moi la chose la plus éprouvante. Néanmoins je ne proférai jamais la moindre plainte. Ce qui restait de mon orgueil bafoué me l'interdisait. Cependant Evelyn dut se douter que je n'étais pas parfaitement heureuse, et elle compatissait. Mais c'était elle qui m'entretenait de mes propres malheurs, affirmant que tous ces hommes abusaient de ma patience. Je ne l'encourageais guère et elle abandonnait alors le sujet. En fait, je ne savais que penser d'elle, comment me comporter à son égard.

Pendant les deux premières semaines d'août, il plut presque sans arrêt et il me fut impossible d'aller me promener à cheval selon mon habitude. Aussi me trouvais-je par nécessité en la compagnie d'Evelyn la plupart du temps. J'aurais pu alors me lier avec elle d'amitié, mais je la trouvais par trop énigmatique : il y avait ce sourire, constamment sur ses lèvres, bien sûr, et ce souci de plaire qui la caractérisait, tout comme son mari. Cependant, son rire et les intonations de sa voix sonnaient faux à mes oreilles. Si je n'avais pas passé deux années au collège, où j'avais appris, non seulement à exécuter des ouvrages au crochet ou à faire des additions, mais aussi à observer les usages du monde, j'aurais déjà dit brutalement son fait à Evelyn, comme la sauvageonne que j'étais du temps de grand-mère et de la maison sur la lande l'eût fait. Mais je m'étais contenue, et du reste, à envisager le pire, je me disais qu'Evelyn n'était qu'une hypocrite. Peut-être parce qu'elle avait dû subir l'humiliation de faire figure de parente pauvre, de se montrer aimable envers des personnes qu'au fond elle n'aimait pas. Mais, même après qu'elle m'eut raconté sa triste histoire, il me fut difficile de la prendre en amitié. Elle s'était trouvée très tôt veuve, sans enfant, à ce qu'elle me dit, et peu après rencontra Arthur qu'elle épousa. A la façon qu'elle eut d'évoquer ce mariage, je compris qu'elle s'y était précipitée pour éviter les angoisses de l'âge, la solitude, et non pas poussée par un sentiment de tendresse. Arthur avait essayé d'un grand nombre de métiers mais n'avait réussi dans aucun. Il avait servi un certain temps dans l'armée, puis avait fait commerce de vins, avait été garde-chasse, employé de bureau. Enfin, il avait renoncé à toute prétention de gagner sa vie, et s'était résigné à se contenter de la petite pension que touchait Evelyn. Jusqu'à ce jour, ils avaient vécu chez l'un ou chez l'autre, en parasites. « Ce mode d'existence est très agréable, assurait Evelyn. On ne risque pas de sombrer dans l'ennui et dans une fondrière de lassitude, et j'aime tellement le changement ! » Je ne la croyais pas. C'était un couple curieusement assorti, et Arthur n'était pas le moins intéressant à étudier. Il était grand, musclé, mais loin d'être intelligent comme Evelyn. Celle-ci, malgré son visage aux traits accusés, avait dû être jolie. En définitive, ils formaient un ménage d'un commerce assez plaisant. Evelyn dirigeait la maison, prenait toutes décisions et initiatives, quelle que fût leur importance, et Arthur semblait ravi de cet arrangement. Je remarquai qu'il jouait rarement aux cartes. Ses modestes revenus devaient être la cause de cette abstention. En général, il supervisait la partie, bavardant et buvant avec les autres. Il passait la plus grande partie de son temps à vagabonder à travers champs et bois, par n'importe quel temps, le dogue à ses côtés. (Ce dernier devait s'enfuir un beau jour...) Arthur tirait sur tout ce qui bougeait, il me l'avoua une fois, et comme une grande partie de ce qu'il ramenait dans son carnier n'était pas utilisable en cuisine, on le jetait aux détritus. J'étais affligée de constater qu'il tuait ainsi pour le plaisir, mais n'osai jamais lui en faire le reproche. L'événement marquant de cette période fut la réception de deux lettres. La première était de Jack Combs, qui disait que ma pension continuerait à être versée comme précédemment, et que je pouvais retirer des fonds si tel était mon désir maintenant que j'étais mariée. La seconde était signée de Sandra, et elle était beaucoup plus longue. Sandra avait fait la connaissance d'un comte, un authentique comte qui habitait une somptueuse demeure, et elle était sûre qu'il allait la demander en mariage ! Cette lettre était pleine de mots soulignés, ce dont je souris : c'était là un reflet de la personnalité de Sandra. J'entrepris de répondre à mon amie pour lui souhaiter tout le bonheur auquel elle aspirait... J'avais déjà rédigé une page, mais quand je la relus les phrases me parurent emphatiques et je renonçai. De Malcolm, il n'y avait aucune nouvelle, et pourtant il avait promis de m'écrire. Sans doute était-il trop occupé par son travail, et n'avait-il pas trouvé le temps de le faire. A moins qu'il n'attendît que je lui écrivisse ? Je me proposai de demander son adresse au père de Sandra.

Vers la mi-août, la pluie observa un répit durant trois jours. J'espérai qu'enfin nous allions pouvoir jouir du beau temps, mais au crépuscule du troisième jour, des nuages noirs se mirent à s'amonceler à l'horizon, mêlés aux rayons pourpres du soleil couchant. Evelyn et moi étions assises dans la bibliothèque lorsqu'un coup de tonnerre claqua, en même temps que jaillit l'éclat de la foudre. Elle tricotait ; j'étais pensive, un livre sur les genoux, écoutant le vent qui hurlait dans la cheminée et la pluie qui cinglait furieusement les vitres. Nous étions seules, Arthur ayant rejoint Richard dans la salle de jeux après le dîner.

— Ce temps me donne la chair de poule, dit Evelyn.

— Je vais mettre une autre bûche dans le feu, dis-je, esquissant un mouvement pour me lever.

— Ce n'est pas à cause du froid, quoique, Dieu sait, il ne fait pas chaud ici ! Non, c'est cette maison...

Je ne l'avais jamais entendue se plaindre de *Wuthersfield ;* aussi je la fixai, étonnée.

— Arthur m'a encore parlé de ce fantôme cet après-midi ; pourtant, il sait que j'ai horreur de pareilles sottises !

— Quel fantôme ?... Il y a un fantôme ici ?

— Ma chère, quelle maison n'en possède pas au moins un ? Une vieille maison, je veux dire...

Elle s'interrompit pour sortir une pelote de laine de son sac à ouvrage, puis continua :

— Il faut avouer que *Wuthersfield* se prête admirablement à de telles histoires.

— En effet ! (Je me remémorais ma propre expérience dans le hall.) Quelle est donc cette histoire ?

Evelyn noua le fil de l'ancienne pelote à celui de la nouvelle et se remit à tricoter.

— Eh bien, il paraîtrait que la famille Cates comptait jadis une sorcière. Son nom était Gwendoline, et elle était accusée des méfaits habituels : jet de sorts, invocation de Satan, enfin tout ce que la superstition populaire attribuait aux sorcières vers le milieu du XVIe siècle où elles furent persécutées. Gwendoline fut convaincue de sorcellerie, jugée, et condamnée à mort. Mais comme elle était issue d'une noble famille, on parvint à fléchir les juges qui par mesure de clémence commuèrent sa peine. Elle devait être pendue et non brûlée...

— C'est horrible ! m'écriai-je.

— Oui, approuva Evelyn, mais Gwendoline se joua de cette sentence : elle se suicida, échappant ainsi au bourreau, et c'est le fantôme de ce bourreau qui revient, dit-on, parfois à *Wuthersfield* pour réclamer sa victime.

J'avais les lèvres sèches, j'étais sans voix. On n'entendait dans le silence que le crépitement du feu, tandis qu'au-dehors les sapins fouettés par le vent heurtaient les vitres de leurs branches.

— Est-ce que..., est-ce que... vous croyez qu'il y a un fantôme à *Wuthersfield*, Evelyn ?

— Bien sûr que non ! Mais de pareilles histoires vous donnent le frisson par un soir comme celui-ci.

Une nouvelle rafale de pluie s'écrasa sur les fenêtres.

— J'ai... j'ai vu la corde du gibet, Evelyn, le jour où j'ai eu si peur... Mais c'était une véritable corde, je peux le jurer !

— Vous l'avez imaginé seulement.

— Oh non !

Elle eut une moue dubitative.

— N'en parlons plus, je suis navrée de vous avoir répété cette histoire. Et si nous parlions plutôt de... Voyons, quel livre lisiez-vous donc ?

— *Les aventures de M. Pickwick,* de Dickens (*).

— Voudriez-vous m'en lire un passage ?

Je lui fis la lecture jusqu'à ce que l'horloge eût sonnée dix coups. Evelyn se leva alors.

— Je suis fatiguée, ce soir, Zillah ; je crois que je vais monter me coucher. Merci pour cette captivante lecture !

Elle m'embrassa sur la joue ; ses lèvres étaient froides et sèches. Elle ajouta :

— Bonne nuit, faites de beaux rêves !

Restée seule, je contemplai le feu qui se mourait tandis qu'au-dehors la tempête faisait rage. Le vent se déchaînait contre la façade, telle une horde de démons en colère. Les flammes agonisaient dans le foyer, léchant les braises avec peu de vigueur à présent. Je fermai mon livre, décidée à aller me coucher.

Comme j'allais me saisir de la petite lampe dont je me servais pour monter à l'étage, je remarquai que la lumière était faible ; la lampe s'éteindrait bientôt si on ne la remplissait pas d'huile. On tenait l'huile

---

* Romancier anglais, Charles Dickens (1812-1870) est aussi l'auteur d'*Olivier Twist,* de *David Copperfield* et des *Grandes Espérances.*

à l'office, près de la cuisine, et je traversai le grand hall pour m'y rendre. En principe, on laissait allumées des lampes sur le coffre, au-dessous des escaliers. Mais ce soir-là elles étaient éteintes.

Je me repris à déplorer les négligences dont pâtissait la maison puis, pour ajouter à ma déconvenue, je m'aperçus, une fois dans l'office, que le bidon d'huile était vide. Le sergent Walls, chargé de cet approvisionnement, avait dû oublier d'en acheter. Pourtant, je me rappelais avoir inscrit cet achat sur la liste !

Je restai un moment à considérer avec rage le bidon vide, et songeai à entrer dans la salle de jeux pour réprimander le sergent. La porte était entrouverte, j'aperçus le sergent et Arthur, les sourcils froncés, qui se concentraient sur leur jeu. « Quelle maudite passion ! » me dis-je. Je compris que je perdrais mon temps à récriminer. Avec un profond soupir, j'allai prendre une bougie dans le placard, l'introduisis dans un bougeoir et l'allumai.

Dans le hall, l'obscurité était totale, il n'y régnait pas une seule lueur. Ici le bruit du vent parvenait assourdi, on l'entendait gémir et frôler les fenêtres et la porte comme un animal qui aurait cherché à entrer. La bougie, dont la flamme m'avait paru suffisante, devenait pitoyable et inefficace dans ce noir infernal, et elle ne diffusait qu'une fragile lueur devant moi. Sans regarder à droite ni à gauche, je me hâtai vers l'escalier, et je n'en étais qu'à quelques pas lorsqu'un courant d'air froid, cet horrible souffle que j'avais déjà ressenti, fondit sur moi... La flamme s'inclina, prête à s'éteindre. Je m'immobilisai pour resserrer le châle autour de mes épaules, et protéger la flamme de ma main restée libre. Tout à coup, le vent cessa de se plaindre au-dehors, et, comme par magie, le hall devint étrangement silencieux. Je perçus un bruissement étouffé... D'instinct, je sus ce que c'était... Je ne voulais pas regarder ! Pendant une seconde, je me roidis sur cette résolution, puis, malgré moi, je cédai, élevai le bougeoir...

La corde était là, suspendue à la balustrade de la galerie, terminée par le nœud coulant ! Fascinée, je vis celui-ci descendre lentement, avec des secousses, des torsions diaboliques, comme s'il traquait une proie... Epouvantée, glacée de terreur, je reculai. Mais — j'en suis encore surprise aujourd'hui — je ne perdis pas tout à fait mon sang-froid. Et ce qui me restait de lucidité et m'empêchait de trembler me permit de réagir. J'eus l'idée d'aller chercher Richard, mais la dernière fois, quand il était revenu avec moi, la corde avait disparu. Comme magnétisée, je la fixai toujours, elle exécutait une diabolique danse aérienne. Le fantôme de l'exécuteur ?... Evelyn elle-même m'avait assuré qu'elle n'y croyait pas, et je me souvins également combien j'avais insisté sur l'aspect « réel » de la corde ! Elle était bien réelle ! Il n'y avait pas de fantôme, aucune magie dans ce phénomène.

Protégeant soigneusement la flamme de la bougie, je traversai sans hâte le hall et me dirigeai vers l'escalier de la galerie. J'avais peur, mais j'étais décidée à découvrir ce qu'il y avait derrière cette sinistre farce. Je commençai à gravir l'escalier, sans m'autoriser la moindre défaillance, le moindre doute. A cet instant le vent, comme outragé, donna un nouvel assaut, puis parut ménager son souffle pour charger encore. Et dans cette brève accalmie, je perçus un autre bruit qui fit bondir mon cœur : c'était un ricanement, étouffé et lugubre... J'agrippai convulsivement le bougeoir à deux mains, mon châle glissa de mes épaules. Je ne fis pas un mouvement pour le ramasser, serrai les dents et continuai de monter. Les fantômes ricanaient-ils ? Mais, tandis que je plaçai un pied puis un autre sur les marches, je ne pouvais m'empêcher de songer au spectre qu'avait évoqué Evelyn...

J'atteignis le sommet de l'escalier et me cramponnai désespérément à la rampe. Dans la lueur vacillante de la bougie, j'entrevis une longue silhouette enveloppée de la tête aux pieds d'un suaire. Je la considérais, les yeux exorbités, lorsque m'apparut une main osseuse, un horrible doigt décharné pointé vers moi. Le bougeoir m'échappa, un hurlement se figea dans ma gorge quand j'eus l'impression que ce doigt touchait mon épaule. L'instant d'après, je dévalai l'escalier...

CHAPITRE VI

Mes paupières palpitèrent, j'ouvris les yeux. Repliée sur moi-même, je gisais au bas de l'escalier, encore étourdie. Je me demandai d'abord pourquoi je me trouvais là, puis progressivement la mémoire me revint. Je sentis naître une douleur lancinante dans ma tête, un froid intense me paralysait... Je lançai un rapide coup d'œil au-dessus de moi. Il me fut impossible de rien distinguer, mais j'eus la conviction que le fantôme avait disparu, ainsi que la corde...

Dans ma chute, la bougie s'était éteinte. La seule clarté provenait de la grande fenêtre centrale par où pénétrait une faible lueur. C'était la lune pâle dont j'entrevis les contours, qui disputait le ciel aux derniers nuages. Il ne pleuvait plus. Combien de temps étais-je restée inconsciente ?

J'agrippai la balustrade et me levai. Je marchai sur quelque chose de mou, et ramassai mon châle. Par miracle, le seul dommage corporel que j'avais subi était une bosse de la taille d'un œuf de pigeon au-dessus de la tempe et quelques contusions. Quand je m'étais relevée, j'avais les pieds pris dans mon châle : peut-être avait-il freiné ma chute et m'avait-il de la sorte sauvé la vie ?

Raidie de froid et de courbatures, je traversai le hall et ouvris la porte de la cuisine. Colby était là, il remplissait une cruche au tonneau de bière. Il tourna la tête, une expression de stupéfaction se peignit sur son visage, et il me sembla même que son teint rouge brique pâlissait. Il se détourna, ferma le robinet et sortit en hâte de la pièce, sans avoir dit un mot. Le fait qu'il ne m'eût pas adressé la parole était en lui-même peu surprenant : Colby, de même que les autres membres de la bande, trouvait en général peu de chose à me dire. Mais la fugitive expression de son visage, son départ subit, me parurent suspects. Cela m'incita à poursuivre une pensée qui m'avait assaillie lors de ma première rencontre avec les hommes : peut-être que ce qui m'était arrivé dans la galerie, par deux fois, n'était qu'une grossière plaisanterie imaginée par eux, ou par l'un d'entre eux. Si c'était le cas, elle avait failli me coûter la vie !

Et s'il ne s'agissait pas d'une « plaisanterie » ? Je m'assis sur une chaise, et pesai cette question. Oui, on pouvait supposer que Colby, Wimpole, ou le sergent Walls, ayant entendu parler du fantôme, s'était déguisé, avait attendu que je traversasse seule le hall obscur, puis avait lancé la corde par-dessus la balustrade avec un bruit destiné à attirer mon attention. Peut-être l'auteur de cette macabre mise en scène se disait-il qu'une femme ne résisterait pas à l'émotion et sur-le-champ mourrait de frayeur... En ce cas, en montant l'escalier, je l'avais obligé à me pousser. Si je m'étais tuée en tombant, quel soulagement pour eux tous ! Ils étaient débarrassés d'un trouble-fête qui n'avait cessé depuis son arrivée de leur rebattre les oreilles avec des histoires de feux à allumer, de bottes boueuses dans la cuisine, de repas en retard ou d'approvisionnement défectueux. La maison aurait été délivrée de sa maîtresse et chacun aurait pu de nouveau agir à sa guise. Cette pensée m'était odieuse, intolérable. Peut-être était-elle absurde ! La stupéfaction de Colby pouvait avoir pour motif la vue de mes cheveux décoiffés, épars, de ma robe maculée de poussière. Il ne m'aimait pas, c'était certain, mais aurait-il osé attenter à la vie de l'épouse du capitaine ?... Colby ou un autre, d'ailleurs... Et pourtant, qui aurait pu prouver de quelle façon j'étais morte ?... On eût découvert mon corps inerte au bas de l'escalier, sur le sol en pierre dure du hall ; on eût imaginé une chute, regrettable et tragique, mais rien n'eût pu inciter à croire à un crime...

Je me demandais si je devais ou non parler de tout cela à Richard, et ce que je pouvais exactement lui dire. Lorsque j'avais fait irruption dans la pièce où ils se tenaient, pâle et haletante, la première fois, Richard avait conclu de mon récit qu'il était le fruit de mon imagination. Maintenant, si j'y ajoutais un squelette drapé d'un suaire, n'allait-il pas douter que je jouisse de toute ma raison ?... Je me rappelai à quel point il s'était indigné lorsque j'avais insinué que l'un de ses hommes pouvait avoir une part de responsabilité dans ces « apparitions ». Je n'avais en fait pas le moindre élément qui pût étayer une telle accusation. Le fait qu'on eût la possibilité de passer de la salle de jeux à la galerie ne signifiait pas qu'un des amis de Richard l'eût fait...

Je me levai péniblement, rallumai la bougie. Je commençais à songer que j'avais été le témoin de l'apparition d'un fantôme. Après tout, qui étais-je pour nier l'existence des revenants ? Ne faisais-je pas moi-même d'étranges rêves prémonitoires ?...

Cette nuit-là, je fis précisément un rêve de cette nature : Rosie était sortie, et, de retour à *Wuthersfield,* elle s'était heurtée à un homme brandissant une canne, qui avait bondi sur elle par un trou de la haie, et l'avait battue à mort ! Je me réveillais, moite de transpiration, toute tremblante, lorsqu'un coup discret fut frappé à la porte.

— Je vous apporte votre petit déjeuner, m'dam' ! Est-ce que je peux entrer ?

C'était Rosie !

J'étais seule, Richard n'était pas venu se coucher cette nuit-là.

Déprimée, exaspérée, sentant encore l'amère saveur du rêve dans ma bouche, je dis à la petite d'entrer.

Elle obéit, déposa le plateau, s'affaira à m'apporter la théière et la tasse avec de petits gestes précautionneux. Rosie avait de l'ambition, elle me l'avait avoué un jour timidement : elle désirait être un jour la servante particulière d'une « dame ». Je lui avais répondu qu'elle pouvait être la mienne — bien que l'idée d'avoir recours à une aide pour m'habiller et me déshabiller me semblât ridicule ! — si je trouvais quelqu'un pour la remplacer à la cuisine. J'avais même abordé la question avec Richard, mais il avait proclamé que nous avions suffisamment de domestiques, et qu'il n'était pas indispensable d'en employer davantage.

— Désirez-vous autre chose, m'dam' ? demanda la petite.

— Non, merci, je n'ai besoin de rien.

— Bien, si c'est tout, je vais m'en aller à la maison, alors.

— Chez toi ?

— Aujourd'hui je peux disposer, m'dam' ; c'est mon jour de sortie.

Je m'assis d'un bond. Le rêve, plus vivant que jamais, et de mauvais augure, s'imposa à mon esprit.

Je protestai :

— Mais... c'est impossible !

— Pourtant, m'dam', le vendredi, c'est le jour fixé... Vous ne m'aviez pas dit... et... et on va m'attendre à la maison. Maman devait m'essayer la robe que vous m'avez donnée, elle devait être prête aujourd'hui...

Elle avait les larmes aux yeux. J'aurais pu lui interdire de partir, j'aurais pu lui dire : « Il faut que tu restes », et invoquer une besogne ou la retenir sans autre explication. Elle m'aurait jugée cruelle, dure, sans cœur. Je voulais lui sauver la vie...

— Rosie, je tiens à ce que tu ne sortes pas, lui dis-je avec gentillesse mais fermeté.

Incrédule, elle me dévisagea. Les commissures de ses lèvres s'abaissèrent, son menton trembla, elle porta vivement son tablier à ses yeux et se mit à pleurer. J'eus pitié d'elle.

Rosie ne recevait des ordres que de moi, les

hommes l'ignoraient, comme si elle n'avait été qu'une pièce du mobilier. Elle travaillait dur et n'en était pas récompensée ! Je le savais, ses gages, elle les remettait à sa famille. Jamais elle n'avait possédé une robe neuve ou une paire de chaussures en bon état. Et à présent, je la privais de son unique petit plaisir, de la seule petite joie de la semaine... Je l'attirai.

— Rosie, ne pleure pas. La servante particulière d'une dame ne doit jamais pleurer.

Elle renifla, s'essuya le nez avec son tablier.

— Dois-je t'apprendre pourquoi il est préférable que tu n'ailles pas chez toi aujourd'hui ?

Elle hocha la tête affirmativement. Alors je lui racontai mon rêve, et je commis une faute. Ce fut une grave erreur, mais je ne voulais pas perdre l'amitié de Rosie, je voulais qu'elle ne me jugeât pas sévèrement. Cette faute, j'allais la regretter par la suite. Cependant, je n'avais alors nulle appréhension de ce genre, et quand j'eus fini de lui exposer mon rêve, Rosie me fixa de ses grands yeux humides.

— Et les rêves se réalisent ?

— Les miens oui, en général. Peut-être pourrais-tu aller chez toi demain ?

Elle secoua la tête.

— C'est jour de marché, il n'y aura personne à la maison.

Elle fronça les sourcils et j'eus conscience qu'elle se débattait dans une lutte intérieure, son esprit de superstition, sa crédulité et son appréhension étant en butte avec son désir de profiter de son séjour de liberté comme prévu.

— Oh ! si je sors aujourd'hui, mon frère aîné,

Tom, m'accompagnera au retour ! dit-elle, rayonnante. Il est très fort, vous savez, m'dam' !

Je restai un moment songeuse.

— Oui ?... Bien, alors c'est parfait. Mais veille à ce qu'il t'accompagne !... Ah ! Rosie, je t'en prie, ne parle à personne de ce rêve !

— Je vous le promets, m'dam'.

Mais il allait lui être impossible de tenir sa promesse...

J'étais assise devant ma coiffeuse, me peignant, un peu avant l'heure du dîner, quand Rosie frappa à la porte. Un regard sur son visage couleur de cire suffit à m'apprendre qu'une partie au moins de mon rêve s'était réalisée...

— Vous aviez raison, m'dam' ! dit la petite.

Par bribes, marquant des pauses, elle me raconta son aventure... Tout le monde avait été content de la voir. Sa mère lui avait fait essayer la robe et tout le monde avait trouvé qu'elle lui allait bien... Le bébé s'était remis de son rhume... Son père, un peu contrarié par la pluie incessante, était assez grognon, mais dans l'ensemble la journée s'était écoulée sans dispute, jusqu'au moment où elle avait annoncé qu'elle devait partir. Comme elle atteignait la porte, elle s'était souvenue tout à coup de ma recommandation et avait demandé à son frère de l'accompagner. Tom avait bougonné, s'était moqué d'elle et devant son insistance s'était fâché. Il avait refusé tout net de sortir. Il avait eu dans les champs une dure journée, il n'était pas disposé à remettre ses bottes pour raccompagner sa sœur au manoir qui se trouvait à deux *miles* de là ! En désespoir de cause, Rosie avait fini par lui raconter mon rêve.

— Il a paru... étonné, on pourrait dire, dit Rosie. Et puis ma mère s'en est mêlée, en lui disant qu'elle préférait qu'il y aille. Alors, sans rien dire, il a mis ses bottes et il est venu avec moi.

Ils avaient fait presque tout le chemin sans que rien n'arrivât, et Rosie commençait à penser qu'elle avait inutilement dérangé Tom, quand soudain un bruit de pas précipités l'avait fait se retourner. Eddie Watterbee, celui de *la Grande Ferme,* avait bondi sur elle, une matraque à la main. Avant qu'elle eût pu ouvrir la bouche pour crier, Tom s'était jeté sur Eddie, lui avait décoché un coup de poing qui l'avait assommé.

— Pourquoi Eddie Watterbee s'est-il attaqué à toi ? demandai-je à Rosie quand elle eut fini. Avait-il une raison particulière de t'en vouloir ?

— Non, m'dam', c'était une méprise : il a cru que j'étais sa femme !

Eddie s'était marié tout récemment, pour la seconde fois, avec une charmante fille nommée Emily, qui lui inspirait une jalousie maladive. Le matin même elle était sortie, disant qu'elle se rendait chez sa mère et qu'elle serait de retour pour le déjeuner. Mais à l'heure du déjeuner elle n'était pas là... Et l'après-midi était déjà fort avancé sans qu'elle eût donné signe de vie. Eddie avait commencé à concevoir des soupçons. Vers le soir, après avoir bu trois chopes de bière et une grande quantité de vin, il avait acquis la conviction que la visite d'Emily chez sa mère n'était qu'un prétexte et qu'elle devait être en compagnie d'un amoureux... Il avait pris une matraque et était allé se poster à l'endroit où elle devait obligatoirement passer pour rentrer chez elle.

Avec l'obscurité croissante et sa raison égarée par la boisson et la colère, il avait pris Rosie pour Emily... Heureusement, Tom était intervenu à temps pour sauver la vie de sa sœur !

Comme dans toute bourgade le bavardage est une des distractions les plus appréciées, l'histoire de Rosie fut vite connue de tous. Enjolivée, amplifiée, elle vint aux oreilles d'Arthur qui l'avait entendue raconter à la taverne du village. Mon rôle y dépassait en importance celui qu'avaient joué Eddie, Tom ou même Rosie. Richard trouva cela follement amusant.

— J'ignorais que j'avais épousé une voyante extralucide ! me dit-il en passant son bras autour de ma taille.

Puis il se mit à rire, d'un rire frénétique. Il y avait si longtemps que Richard ne m'accordait plus qu'un intérêt distrait que je me mis à rire également.

La mère de Rosie, quant à elle, se confondit en remerciements et me fit envoyer deux pots d'une délicieuse confiture de mûres en signe de reconnaissance, ainsi qu'une écharpe tricotée par elle-même.

Par un après-midi pluvieux, je m'arrêtai chez elle pour la remercier à mon tour quand quelque chose d'étrange se produisit... Tandis que nous parlions sur le seuil, le père de Rosie traversa d'un trait la cour de la ferme, me bouscula presque et entraîna rudement sa femme par le coude jusqu'à l'intérieur, puis il me claqua la porte au nez. Pourquoi était-il en colère ? Et contre qui ? Je l'ignorais, mais ne tardai pas à le comprendre : il s'agissait de moi. Car peu de temps après cet incident, je remarquai que les gens du village m'évitaient et posaient sur moi des regards soupçonneux. Je connaissais bien ce regard méfiant, car lorsque j'étais enfant grand-mère et moi provoquions la même réaction lors de nos incursions hebdomadaires dans Byrnne. Et ce regard signifiait : « Quand on a le pouvoir de faire le bien, n'a-t-on pas aussi celui de faire le mal ?... » J'essayai de me persuader que je réagissais de façon absurde, que j'étais hypersensible, et que ce n'était pas à moi personnellement que les gens en voulaient, mais, à travers ma personne, à *Wuthersfield,* où l'on s'adonnait au jeu et à la boisson.

Cependant, un autre incident vint clairement confirmer ma première supposition... Un matin, je m'aperçus que le sergent Walls, qui était censé s'être acquitté de certains achats la veille, avait oublié la moitié des articles mentionnés sur la liste et qui faisaient défaut. Exaspérée, je décidai d'aller moi-même à Lyleton, et Evelyn s'offrit à m'accompagner. Nous avions pris le cabriolet et trottions le long de la grand-route que bordait sur une certaine longueur un champ de blé, quand j'aperçus le dogue d'Arthur, celui qui s'était échappé quelques semaines plus tôt, et qui poursuivait un chien plus petit. Il le rattrapa, et la pauvre créature poussa un tel hurlement de douleur que j'arrêtai la voiture. Le dogue, la gueule écumante, martyrisait le petit chien, le mordait, le secouait entre ses crocs. Avant qu'Evelyn eût pu dire quoi que ce fût, j'avais sauté en bas de la voiture et, soulevant ma jupe, enjambais le fossé. Je vis du coin de l'œil un homme et une femme, qui tenait un bébé dans les bras, m'observer en se gardant d'approcher. Je n'étais plus qu'à quelques mètres du dogue quand il lâcha sa victime et leva la tête. Aussitôt je m'immobilisai, folle de peur, face au chien. Je venais de comprendre qu'il était enragé... Il fixa sur moi ses yeux d'agate, grogna, et il retroussa les babines, découvrant des crocs jaunes englués de bave. Je réalisai en un éclair que si je fuyais il m'attaquerait, et je n'avais rien sous la main pour me défendre. Mon seul espoir était que l'homme que j'avais vu vînt à mon secours. Dans cette attente, je n'osais faire aucun mouvement, glacée de terreur et consciente que j'avais peu de chance d'en réchapper. J'aurais été capable, je crois, de dompter un chien sauvage ou seulement furieux, mais pas un animal atteint de la rage !

Soudain le dogue mordit dans le vide, j'entendis le claquement de ses mâchoires et crus sentir ses crocs s'enfoncer dans ma chair. Mes mains se joignirent convulsivement, je sentis la sueur couler dans mon dos. L'homme, là-bas, ne pouvait-il lancer un bâton sur cette bête ?... Peut-être avait-il aussi peur que moi d'être mordu ! La contamination par un animal enragé provoquait une mort particulièrement affreuse... Le dogue, de nouveau, chercha à mordre, puis, comme je reculais, il s'avança, avec un sourd grondement. Il n'était plus qu'à un mètre de moi quand il s'arrêta et commença à tournoyer dans une ronde folle, essayant de se mordre la queue. Il tournait de plus en plus vite et enfin il trébucha et s'abattit par terre où il demeura, les pattes agitées de mouvements convulsifs. Puis il s'immobilisa.

Une ombre s'interposa entre l'horizon et moi-même, je levai les yeux et vis mieux l'homme qui avait assisté au drame : c'était le père de Rosie.

— Il est mort, dit-il.

La mère de Rosie s'approcha de moi.

— Comment vous sentez-vous, madame Cates ?

— Bien, merci, répondis-je après avoir pris une profonde inspiration.

— Allons, viens, Maud, on n'adresse par la parole à des gens comme elle ! lança Sam Pike. Tu n'as pas vu comment elle a tué le chien avec son mauvais œil ?

Il la saisit par le bras, et tous deux quittèrent le champ avec précipitation.

Quand je revins à la voiture, Evelyn, pétrifiée, me dit :

— La peur me paralysait, je ne savais que faire... J'aurais peut-être dû le menacer du fouet mais j'étais incapable de faire un geste !

— Je doute que le fouet eût été une bonne solution. Il a mieux valu que vous ne bougiez pas.

— Que vous a dit cet homme ?

— Oh !... que j'avais le mauvais œil ! répliquai-je d'une voix chargée de mépris.

— Ma chérie, ne prenez pas trop à cœur les ragots du village, mais il a dû penser que vous aviez tué ce chien !

Je la dévisageais longuement.

— Voyons, c'est faux ! Il était enragé... et il en est mort !

— Je sais bien, mais ces gens-là préfèrent expliquer un fait de façon surnaturelle plutôt que logiquement ; ils se complaisent dans la peur. Cet homme n'est qu'une pauvre brute qui vous a certainement prise pour une sorcière.

Je m'en souviens encore, je me mis à rire...

CHAPITRE VII

Le matin suivant, je ne fus pas étonnée de ne pas voir apparaître Rosie à l'heure où d'habitude elle me servait le thé : j'avais le sentiment qu'elle avait quitté *Wuthersfield*. Dans la chambre sommairement meublée qu'elle avait occupée, sous les combles, le peu qu'elle possédait avait disparu...

Je ne pouvais me résoudre à croire que la cause de son départ était la crainte que je lui inspirais : elle n'avait jamais semblé avoir peur de moi ! Elle s'était sans doute enfuie sur ordre.

L'après-midi, je me rendis à la ferme du père de Rosie.

J'entendis des voix, à l'intérieur, frappai à la porte. Mais personne ne me répondit...

Alors j'allai à la ferme voisine...

Une femme passa par l'entrebâillement une tête prudente et s'écria, en m'apercevant :

— Allez-vous-en ! Vous ne trouverez personne ici qui accepterait d'aller travailler au manoir !

Je ne cherchais pas une remplaçante pour Rosie ! Je m'étais, en effet, prise d'amitié pour elle ; c'était une petite créature vive et intelligente, loyale, dépourvue d'égoïsme. Quelquefois j'avais le sentiment qu'elle était ma seule véritable amie à *Wuthersfield.*

Tandis que l'après-midi s'écoulait et que je passais d'une ferme à l'autre, il m'apparut que personne ne m'accorderait la moindre possibilité de m'expliquer. Mais finalement une vieille femme s'aventura à me dire que les gens ne voyaient pas d'inconvénient à ce que *Wuthersfield* fût hanté, mais qu'ils ne pouvaient tolérer la présence d'une sorcière...

Je revins, découragée et furieuse...

Quand j'appris à Evelyn que Rosie était partie et que j'aurais beaucoup de difficultés à recruter une autre femme de chambre, elle fit claquer sa langue. Puis elle me sourit et me dit que cela n'avait aucune importance, qu'elle-même m'aiderait. Quant à Richard, il déclara que les gens du village et des environs n'étaient que de stupides paysans et que je devais me réjouir d'être débarrassée de cette petite imbécile.

— Ne te tourmente donc plus, ajouta-t-il en me tapotant affectueusement la joue. Les hommes se chargeront volontiers d'un supplément de travail. Je vais en parler à Walls.

Et pendant deux jours, à mon grand étonnement d'ailleurs, tout se passa à merveille. Le matin les feux étaient allumés, les parquets étaient balayés, le ménage était fait dans les pièces du rez-de-chaussée. Mais ce beau zèle s'éteignit rapidement... Le troisième matin, voyant que tout était de nouveau couvert de poussière et de toiles d'araignée, et que dans les foyers étaient restées les cendres, je rappelai le sergent Walls à ses devoirs. Tout comme Colby allait le faire, il me répondit :

— Je vais m'occuper de cela, madame...

Son ton était ironique, et je ne me fis guère d'illusions.

Je décidai de m'y mettre...

Je commençai à nettoyer la cuisine. J'étais si absorbée par mon travail et par mes pensées, que je n'entendis pas entrer Richard.

Il tonna soudain dans mon dos :

— Mais que diable es-tu en train de faire ?

Je me redressai, la gorge nouée par l'émotion, lui fis face.

— Je n'aime pas vivre dans la saleté !

— Ah ! vraiment ! s'écria-t-il, rouge de colère.

Il lança un coup de pied dans le seau qui se renversa. C'était la première fois que je le voyais perdre le contrôle de lui-même. J'étais effrayée.

— Une dame digne de ce nom, poursuivit-il, préférerait vivre dans une porcherie plutôt que de s'abaisser ainsi !

— Tu n'as peut-être pas épousé une véritable dame...

A ce moment-là, Evelyn entra, mais Richard ne lui accorda aucune attention.

Peu à peu, l'éclat de ses yeux s'atténua.

— C'est absurde ! dit-il. Laisse donc cela, ôte ce torchon de ta tête.

Il tourna les talons et sortit.

Evelyn demanda :

— Ma chérie, pourquoi n'avez-vous pas demandé à Travis de nettoyer le parquet ?

— Il est bien inutile de demander quoi que ce soit à Travis ou à n'importe qui d'autre !

— Allons donc, il ne faut pas prendre les choses ainsi ! dit Evelyn d'une voix mielleuse.

J'eus le sentiment qu'elle me jugeait sotte. En fait, peut-être avais-je trop attendu de Richard et de l'existence qui serait la mienne à *Wuthersfield*... La lune de miel était finie !

Un après-midi, nous eûmes un visiteur inattendu : Malcom Culpepper. Il arriva vers 15 heures à bord d'une voiture qu'il avait louée. Il avait fière allure, dans un élégant pardessus gris à col d'astrakan, mais c'était toujours le même Malcolm, avec son front bombé, ses yeux graves et son sourire doux. Il se tenait debout dans le hall tandis que je descendais l'escalier ; j'éprouvais de la tristesse.

Je courus jusqu'à lui et lui jetai mes bras autour du cou en me mordant les lèvres pour ne pas pleurer. Cette démonstration dut le choquer : lorsque je me reculai, son visage était cramoisi.

— C'est... c'est bon de vous revoir, Zillah, dit-il.

Comment aurais-je pu lui exprimer ce que sa présence me remémorait : d'heureux souvenirs, la vie sur la lande, alors que chaque jour qui commençait m'apportait son lot de plaisirs.

— Etes-vous heureuse Zillah ? demanda gravement Malcolm en me saisissant la main.

Aussitôt j'éprouvai de la honte, du remords. N'allais-je pas regretter d'avoir épousé Richard ? Avais-je donc oublié que lui seul était capable de m'apporter le bonheur ?

J'étreignis convulsivement la main de Malcolm et assurai :

— Tout à fait ! Je ne pourrais l'être davantage !

— J'en suis ravi !

— Je vais chercher Richard. Attendez quelques instants dans la bibliothèque.

Richard fut aussi surpris que moi à l'annonce de cette visite, la première, en fait, depuis notre arrivée à *Wuthersfield*. Il était en train de jouer aux cartes, mais si cette interruption le contraria, il ne le montra pas. Il pria Colby de porter une bouteille et des verres à la bibliothèque.

Lorsqu'il se trouva devant son ami, il s'écria :

— Je suis enchanté de te voir, Malcolm !

— J'avais une affaire à régler à Northbridge, dit Malcolm. C'est près d'ici et j'ai pensé que je pourrais faire un détour par *Wuthersfield*.

— C'était une excellente idée ! Tu restes avec nous pour dîner ?

— Non, je te remercie, mais je suis déjà retenu ; je dois partir d'ici une heure. Peut-être une autre fois...

— Nous pourrions tout de même prendre le temps de nous asseoir, dit Richard.

Il prit place à côté de moi, je passai mon bras sous le sien, demandai à Malcolm :

— Votre nouveau métier vous plaît-il ?

— Oh ! très modérément !... Je ne suis plus aussi enthousiasmé par Londres que je ne l'étais...

— La lande vous manque à ce point ?

— En effet, répliqua-t-il en souriant. Je suis en train de transformer radicalement *Moorsend Manor*... J'ai fait abattre le vieux corps de bâtiment, qui était à l'origine une auberge, je crois. J'ai fait refaire la façade.

— Il est évident que, contrairement aux demeures plus anciennes, ces constructions relativement récentes s'accommodent fort bien d'aménagements, dit Richard.

Moorsend Manor datait du siècle précédent, mais, pour Richard, il était presque moderne ! Colby entra, porteur de verres et d'une bouteille de vin. Il avait revêtu en hâte une veste et avait peigné ses cheveux, sans parvenir à dissimuler son aspect négligé ni la rudesse de ses manières. Il remplit les verres, nous les tendit un à un.

Quand ce fut le tour de mon mari, il se pencha et murmura :

— Je vous demande pardon, capitaine, mais il y a un ennui à la cuisine et votre présence serait souhaitable...

Richard hocha la tête et nous pria de l'excuser.

Furieuse, je le regardai sortir, suivi de Colby. J'étais sûre que la requête de ce dernier n'était qu'un prétexte destiné à permettre à Richard de reprendre la partie ! Comme je les maudissais, tous !

— J'ai cru comprendre, dit Malcolm sur un ton conventionnel, que vous aviez un problème de domesticité ?

Je me tournai vers lui... Je vis ce visage ouvert, honnête, loyal, et soudain j'éprouvai le besoin de me confier à lui. Mais l'amour-propre m'en retint. Pouvais-je lui révéler que *Wuthersfield* me faisait horreur ? que j'avais fait un mariage absurde ?...

Je répondis seulement :

— En effet ! Mais Richard est plus apte que moi à régler les problèmes...

Il y eut un long silence au cours duquel Malcolm fixa son verre.

Il dit enfin, en posant sur moi ses candides yeux bleus :

— Zillah, j'espère que vous ne me jugerez pas indiscret, mais..., mais si quelque chose n'allait pas, j'aimerais que vous vous sentiez libre de me le dire...

— Quelque chose ? fis-je, sur la défensive. Mais non, tout va très bien ! Pourquoi cette question ?

— Oh ! je ne sais pas ! Cet endroit est... un peu lugubre, n'est-ce pas...

Aussitôt, par un revirement incompréhensible, je m'érigeai en défenseur de « mon » domaine.

— Un peu, sans doute... Pour l'instant du moins. *Wuthersfield* est très vieux, voyez-vous ! (Je m'exprimais avec hauteur, et ma voix sonnait prétentieuse à mes propres oreilles.) Nous projetons de le faire restaurer... Richard a déjà consulté un architecte à Londres.

— Ah ! qui donc ?

La façon dont il posait la question montrait qu'il avait décelé mon mensonge... Je n'éprouvais tout à coup que dégoût de moi-même et aversion pour lui.

— Son nom m'échappe en ce moment...

Malcolm se mit à tourner son verre entre ses mains, le regard ailleurs. C'est brutalement qu'il rompit le silence.

— Vraiment, Zillah ? Vraiment, tout va bien ?...

— Mais oui ! répondis-je, hargneuse comme un

roquet en colère. Pourquoi donc reposer la question ?... Etes-vous venu pour me voir ou pour satisfaire votre curiosité ?...

Je savais que je me montrais injuste, mais un démon pervers semblait s'être emparé de moi...

Malcolm pâlit...

Contrite, je murmurai :

— Malcolm...

Mais il se leva.

— Je pense que j'ai suffisamment disposé de votre temps, Zillah, dit-il. Ne vous dérangez pas pour me raccompagner.

Il traversa le hall à grands pas...

La porte claqua derrière lui.

Alors je m'écriai :

— C'est ça, partez ! Allez-vous-en, je m'en moque !...

Ce fut un moment affreux. J'avais à la fois envie de pleurer et d'exploser de fureur.

Plus tard, quand Richard revint dans la bibliothèque, je me tenais immobile, à regarder tristement par la fenêtre.

— Où est Malcom ? demanda Richard. Il est déjà parti ?

— Oui. Nous nous sommes un peu querellés.

— A quel sujet ?

— Oh ! rien d'important ! dis-je avec un soupir.

— Je m'étonne que Malcolm se soit disputé avec toi !

— Et pourquoi donc ? demandai-je étourdiment.

— Voyons, Zillah, il est amoureux de toi ! Ça se lit sur son visage...

Je crus qu'il voulait me taquiner et entrai dans son jeu.

— Et tu n'es pas jaloux ?

— Devrais-je l'être ?...

Son œil brillait d'une flamme intense.

— Non, bien sûr ! soufflai-je.

Et je regrettai que nous ne pussions être seuls, non à *Wuthersfield* mais dans quelque tranquille chaumière, sans Arthur, ni Evelyn, ni tous ces « braves gars »... Seuls, lui et moi. Combien les choses eussent été différentes ! Mais parviendrais-je jamais à me débarrasser de tous ces gens, à arracher Richard à *Wuthersfield ?...*

Une nuit — c'était une semaine après le départ de Rosie —, la situation atteignit un point critique...

Je me préparais à me coucher quand on frappa à coups redoublés à la porte de ma chambre.

— Qui est-ce ? m'écriai-je.

On continuait de frapper...

Pensant que c'était Evelyn, je l'invitai à entrer, mais personne ne répondit. Toujours les coups...

Je revêtis ma robe de chambre et, pieds nus, traversai la pièce.

De l'autre côté de la porte s'éleva un rire étouffé... L'épouvante reprit mon cœur dans ses serres.

Un rauque murmure me parvint :

— Zilla-a-a-ah !...

Etait-ce une voix d'homme ?... Oui !

La colère chassa la peur. C'était bien une voix

d'homme et non celle d'un spectre... Je me précipitai vers la porte, l'ouvris brusquement...

Dans le couloir obscur, des pas s'éloignaient...

Exaspérée, je les suivis. Quand j'atteignis le haut de l'escalier, je m'arrêtai, tendant le cou pour mieux écouter. Maintenant le bruit rapide et feutré des pas venait du bas, et je ne pourrais encore expliquer aujourd'hui pour quelle raison je ne répondis pas à mon impulsion, me lançant à la poursuite de l'intrus. Peut-être le souvenir de ma terrible expérience de la galerie était-il présent à ma mémoire, peut-être eus-je l'intuition d'un danger, toujours est-il que je fis demi-tour et me hâtai de regagner ma chambre. Je pris une lampe et revins sur le palier. Je me tenais là, immobile, depuis quelques instants, lorsque je perçus le bruit d'une porte qui pivotait sur ses gonds, à l'extrémité du hall.

Je commençai à descendre lentement, la lampe au-dessus de la tête, et quatre ou cinq marches plus bas je distinguai quelque chose qui me figea : une certaine longueur de grosse laine noire était tendue en travers de la marche... Quiconque serait descendu rapidement dans l'obscurité aurait trébuché...

Je déposai ma lampe, détachai la laine, cette laine qu'on aurait pu trouver dans le sac à ouvrage de n'importe quelle femme, dans le mien ou celui d'Evelyn, par exemple. Mais cet innocent bout de laine aurait pu entraîner ma mort avec la même efficacité qu'un revolver ou un couteau.

Je repris la lampe, gagnai le hall, me dirigeai vers la cuisine. Puis je me tins immobile près de la table, hésitante et me mordant les lèvres. J'entendais de l'autre côté la voix des hommes ; je savais qu'ils étaient tous à leur place... Le visiteur avait eu le temps de se réfugier dans la salle de jeux pour y reprendre la partie. A cette idée j'étais folle de colère. Je déposai ma lampe sur la table... Je devais recouvrer mon sang-froid, ne pas faire irruption et hurler comme une démente. J'ouvris le placard pour me servir un verre de cidre, essayant de composer un petit discours susceptible d'exprimer toute mon indignation. Le cidre se trouvait sur une étagère du haut, je dus attirer un tabouret et grimper dessus pour l'atteindre. Comme je prenais la bouteille, mon regard fut frappé par quelque chose dans un renfoncement, que je saisis. C'était un long vêtement de couleur grise... Le suaire dans lequel était drapé le fantôme !... Ahurie, je considérais l'étoffe grise et ma colère augmenta, martelant mes tempes.

Un instant plus tard, je repoussais violemment la porte de la salle de jeux et la faisais claquer contre le mur.

— Et ça ? m'écriai-je en lançant sur la table le vêtement qui fit voler les cartes. Qui s'est servi de ça ?... Lequel d'entre vous, parce que je suis assez niaise pour me laisser impressionner par une mascarade, a voulu attenter à ma vie en me faisant choir dans l'escalier ?... Qui ?...

Le ton suraigu de ma voix les fit apparemment frémir.

Richard se leva lentement.

— Zillah...

— Je ne me tairai pas ! lançai-je, écumante de rage. J'ai gardé le silence trop longtemps !... Quelqu'un ici même a voulu se débarrasser de moi, mais je ne le laisserai pas faire ! Entendez-vous ? Je ne le laisserai pas faire !

Les hommes me fixaient, l'air ahuri. Richard, dont le visage était livide, remua les lèvres mais ne put articuler un son. La lampe suspendue au plafond jetait sur ce tableau une lueur terne. A cet instant je sentis que des larmes me piquaient les yeux, et je m'enfuis en courant. Cinq minutes plus tard Richard venait me rejoindre. Je sanglotais, allongée sur le lit.

— Qu'est-ce que cela veut dire ? demanda-t-il avec une certaine rudesse.

Richard ne m'avait jamais vue pleurer ; je ne cédais pas facilement au désespoir, mais cette fois-ci je n'en pouvais plus.

— Qu'est-ce que cela veut dire ? répéta Richard.

Je m'assis, m'essuyai les yeux du revers de la main.

— Je... Ce sont eux ! Tu ne le comprends pas ?... Qu'aurais-tu fait toi-même si par deux fois en un mois on avait essayé d'attenter à ta vie ?...

— On a attenté à ta vie ? s'écria Richard, bouleversé. Je t'en prie, Zillah, explique-toi...

Je déglutis avec peine, croisai les mains autour des genoux.

— Je vais te faire le récit de toute l'histoire depuis le début, dis-je. Et ne m'interromps pas, surtout !

Je lui parlai alors du fantôme, de ma chute dans l'escalier de la galerie, lui dis dans quelles circonstances, une demi-heure plus tôt, j'aurais pu être précipitée au bas de l'escalier...

— C'est le suaire du fantôme que j'ai lancé sur la table ! conclus-je. Je l'ai trouvé dans le placard de la cuisine !... Tu comprends, à présent ?

— Tu en déduis qu'un de mes hommes a tenté de te..., de te tuer ?...

— N'est-ce pas évident ? Et je ne serais pas étonnée s'ils étaient tous dans le coup !

— Un complot ?... Voyons, Zillah, ce n'est pas possible !

Richard avait l'air extrêmement sceptique...

— Oui, un complot pour se débarrasser de moi ! Ainsi la maison leur appartiendrait tout entière... Ne comprends-tu pas que je représente une gêne pour eux ? Ils me détestent !

Richard me regarda longuement.

— Je pense que tu te trompes, Zillah.

— Ah oui ? Et comment ? Je savais que tu prendrais la défense de tes hommes. (Je fouillai dans ma poche.) Voici le morceau de laine, dis-je, réalisant en même temps quelle piètre pièce à conviction c'était. Pourquoi ne réponds-tu pas, Richard ?... Dis-moi lequel d'entre vous est venu frapper à ma porte ?

L'air songeur, Richard se gratta le menton.

— Il n'y a aucune raison pour que n'importe lequel d'entre eux veuille se débarrasser de toi... Aucune raison ! J'aurais dû te le dire plus tôt, mais ils ont tous l'intention de s'en aller samedi.

— Tous ?...

— Tous.

— Mais alors..., pourquoi ?

Richard vint s'asseoir sur le lit, me prit la main.

— Tu es sûre de n'avoir pas fait un cauchemar ? demanda-t-il.

— Mais non ! répondis-je avec véhémence. J'étais bien réveillée !

Cependant, puisque je devais écarter la culpabilité de ces hommes, une nouvelle, une effrayante hypothèse se présentait à mon esprit. Qui, en ce cas, avais-je vu dans la galerie ?... Qui avait frappé à la porte de ma chambre ?...

Je frissonnai. Richard, pensant que j'avais froid, alla s'accroupir devant le foyer et tisonna le feu.

— Pourquoi tes hommes ont-ils décidé de partir ? dis-je sans cesser de l'observer.

— Oh !...

— Est-ce à cause de moi ?

— Non, pas à cause de toi !

Il ne me regardait toujours pas... Encore agenouillé, il activait le feu avec le tisonnier.

Tout à coup j'eus le sentiment qu'il me cachait quelque chose. N'allait-il pas m'annoncer aussi son départ ? Malgré les regrets éprouvés, malgré mes doutes, je savais que je ne pourrais supporter que Richard me quittât.

Je décidai de briser le silence...

— Richard, y a-t-il une chose que tu hésites à me dire ?

Il ne répondit pas tout de suite... Le feu allumait des reflets dans sa chevelure. Il allait se relever, me faire face, et dire : « Zillah, je dois partir ! Je comprends que je n'ai aucune des qualités requises pour faire un bon mari... »

Soudain il dit, toujours sans me regarder :

— Zillah, la vérité, c'est que j'ai moi-même demandé à mes hommes de partir.

Il se releva, s'approcha de moi ; je levai sur lui un regard empreint de désespoir.

— Vois-tu, Zillah, j'ai perdu au jeu tout mon argent.

— Tout ton argent ?

Sans comprendre, je le fixais.

— Oui, tout... Toute ma solde ! Ce que je touche de l'armée. Et c'était de cela, auquel s'ajoutait ta pension, que nous vivions.

Si je m'en référais aux termes du testament de ma grand-mère, ce total s'élevait à cinq cents livres. J'étais suffoquée. Ma grand-mère avait disposé d'une certaine fortune, mais elle m'avait inculqué de solides principes d'économie ; j'avais été élevée dans un sain respect de l'argent, je devais veiller à ce que chaque shilling dépensé le fût à bon escient. Aussi, ce que Richard venait de me dire m'apparaissait sous un jour cruel.

— « Toute » ma pension ! m'écriai-je. Mais, comment as-tu fait ?

— Je l'ai fait, voilà tout. Tu ne peux croire à quel point je me sens ridicule, combien je me suis reproché ma folie. Je suis un mari indigne de toi.

Il me baisa les mains.

Cinq cents livres !... Je me remémorai toutes ces longues heures, ces journées et ces nuits où la bière coulait à flots tandis qu'on distribuait les cartes et que les joueurs, le visage ravagé, se concentraient sur la partie... En fait, ils riaient rarement... Comment l'eussent-ils fait, quand il s'agissait de si fortes sommes ?

— Le sort s'est acharné sur moi, ajouta Richard. Un certain temps il m'a semblé que j'allais gagner tout ce que j'avais misé et même davantage, mais il a suffi d'une seule mauvaise carte, et la chance a tourné. (Il me baisa de nouveau les mains.) Me pardonneras-tu jamais ?... Je t'en prie, ma chérie, sois indulgente !

Son regard m'implorait ardemment et, en le regardant attentivement, je décelai en lui quelque chose que je n'avais pas remarqué jusque-là : malgré ses épaules puissantes, ses bras musclés, l'aura de sa fougue romantique, dont il se servait comme d'une couronne, Richard avait des faiblesses. Richard était vulnérable ! Depuis longtemps j'aurais dû deviner son obsession pour les cartes. Sandra ne m'avait-elle pas dit qu'il avait dilapidé en peu de temps son héritage ? Et ce n'était sûrement pas dans *Wuthersfield,* qui menaçait ruine, qu'il l'avait investi.

Cependant il poursuivait :

— Je t'aime tellement, Zillah ! Pardonne-moi, mon amour !

De nouveau je le considérai. Ce regard où maintenant seul brillait l'amour, la beauté de son visage, ce sourire enjôleur et ces tendres mains, tout cela ne valait-il pas cinq cents livres ?...

— Bien sûr, Richard, que je te pardonne, dis-je en me penchant pour l'embrasser. Et moi aussi, je t'aime.

Pourtant ce n'était plus le même amour. Je ne l'aimais pas moins qu'avant, mais j'étais à présent plus lucide.

— Tu es un ange ! s'écria-t-il en me serrant dans ses bras. Je te jure que je te saurai gré de ce pardon !

Nous nous tînmes côte à côte, mains enlacées, pendant un moment, puis il déclara :

— Nous devrions nous en aller, tous les deux. Est-ce que cela te plairait ?

— O Richard, j'en serais ravie !

— Tu n'apprécie guère *Wuthersfield,* n'est-ce pas ? Si nous partions pour l'étranger ?

— Pour Paris !... Nous y avons passé des jours heureux.

— Eh bien..., ce n'est pas à Paris que je songeais !... Et en rentrant, j'achèterais pour toi une maison, une jolie maison, pleine de bons domestiques.

— Mais, Richard, avec quel argent ?

Il me dévisagea, haussa les sourcils. Et tout à coup je me rappelai ce qui était convenu avec le notaire.

— Ah oui ! avec l'argent de grand-mère ! m'écriai-je à mon tour.

— Oui... En fait, j'espérais que nous n'aurions pas besoin d'y toucher...

Il se redressa, se rapprocha du feu et commença à marcher de long en large devant la cheminée, les mains derrière le dos.

— Non ! lança-t-il enfin, ce ne serait pas bien !

— Et pourquoi ? Grand-mère ne se serait pas opposée à ce que nous nous servions de son argent pour acheter une maison ! Demain matin, je vais écrire à Jack Combs. Peut-être connaît-il quelque propriété à vendre, et il pourrait même éventuellement se charger de toutes les transactions.

Richard revint s'asseoir à côté de moi.

— Zillah, j'ai une meilleure idée... Je pense t'emprunter une certaine somme...

— Un emprunt ? Pour quoi faire ? demandai-je, soupçonneuse de nouveau.

— C'est la chance de toute ma vie ! Non seulement tu pourras récupérer cet argent, mais en être remboursée avec un très substantiel bénéfice ! (Son œil brillait d'exaltation.) Zillah, c'est de l'or que je te propose !... Il s'agit d'un galion espagnol qui a sombré au large des côtes écossaises. Un ami — il s'appelle Mac Farland — m'a écrit pour me dire qu'il l'avait vu. Un galion a coulé à cet endroit, à l'époque de l'Armada (*)... Tu sais qu'elle était réputée pour transporter de l'or ?...

— Réputée, oui, mais tous les galions n'en transportaient pas, je le crains.

— Evidemment ! Mais, supposons que ce fut le cas pour celui-ci... Tu sais, Zillah, si nous parvenions à le remonter à la surface, nous serions probablement à la tête d'une immense fortune !

Il avait parlé avec passion...

— Ton ami a « vu » ce vaisseau ?

— Oui ! C'est un pêcheur. Un jour qu'il s'apprêtait à accoster, il s'est aperçu que son ancre s'était accrochée quelque part. Il a plongé pour la dégager et c'est alors qu'il a vu le vieux navire, couvert d'algues. Mais il m'a affirmé qu'il s'agissait d'un bâtiment espagnol, d'un galion plus précisément.

— Et combien cette expédition coûterait-elle ?

— Oh ! je dirais... un millier de livres... Alors, Zillah ?

— Vraiment..., je me demande...

J'étais effondrée.

---

* L'Invincible Armada, flotte géante, avait été envoyée par le roi d'Espagne Philippe II, en 1588, pour mettre fin au règne d'Elisabeth Ire, reine d'Angleterre et d'Irlande, et rétablir le catholicisme. (Elisabeth Ire avait elle-même rétabli l'anglicanisme.) Mais l'Armada fut détruite par la tempête.

— Nous ne pouvons échouer, ma chérie !

Il avait déjà oublié ses déboires aux cartes ; il était prêt à se livrer à ce nouveau jeu, plus exaltant encore.

Je compris alors le peu d'importance que la perte de cinq cents livres avait pour lui. Mais il se montra si enthousiaste, si persuasif, que je commençai à me laisser fléchir. Serais-je assez mesquine pour refuser ?... Ma grand-mère avait sa vie durant économisé pour assurer mon avenir ; allais-je investir tout ce qu'elle m'avait laissé dans une absurde chasse au trésor ?... Et que proposerait Richard, s'il échouait dans cette entreprise ? Cela risquait de n'avoir jamais de fin.

Il répéta, d'un ton pressant :

— Alors, Zillah ?...

— Laisse-moi réfléchir. Jusqu'à demain au moins.

Cette nuit-là, je restai longtemps éveillée au côté de Richard endormi dont la main reposait sur mon épaule, fixant les ombres mouvantes que dessinait le feu au plafond, l'esprit déchiré entre les principes de ma grand-mère et les galions espagnols. Et soudain, avant de sombrer dans le sommeil, j'évoquai les coups frappés à la porte, le morceau de laine, le suaire, avec un pincement au cœur. L'identité de mon sinistre visiteur demeurait un mystère.

CHAPITRE VIII

Je m'éveillai aux premières lueurs du jour, par une aube triste et froide. Richard dormait, les bras autour de son oreiller. Je me penchai, l'embrassai dans le cou. Il remua la tête et marmonna quelque chose ayant trait à l'or, mais sans se réveiller. Je regardai le ciel. Le souvenir de notre conversation de la veille se remit à me tourmenter.

Après avoir longuement réfléchi, j'en vins à la conclusion que je ne pouvais soustraire mille livres à mon capital pour les gaspiller dans une entreprise chimérique. Mais comment annoncer cela à Richard ? En silence, je me glissai hors du lit, m'habillai et sortis.

J'allai jusqu'à l'écurie, sellai Sabrina, et l'entraînai pour une longue chevauchée à travers la campagne humide de rosée, décidée à remettre à plus tard un entretien avec mon mari.

Quand je revins, il m'attendait dans la cour et m'aida à mettre pied à terre.

— Tu es sortie de bien bon matin ! fit-il remarquer.

Je répliquai que j'avais besoin de prendre l'air,

saisis les rênes de Sabrina et raccompagnai celle-ci à l'écurie. Richard m'aida à lui donner à boire et à manger, mais jusqu'à notre retour à la maison nous gardâmes le silence. Alors il demanda :

— As-tu réfléchi à ma proposition ?

— Oui, murmurai-je, envoyant au diable par la pensée ce Mac Farland et ceux de l'Invincible Armada tout entière.

— Eh bien, qu'as-tu décidé ?

Il me saisit par le bras et me fit pivoter de telle manière que je fus obligée de le regarder...

— Je ne suis pas favorable à cette expédition, dis-je précipitamment.

Il ne dit rien. Je sentis ses mains se contracter, puis il me lâcha. Son visage s'empourpra un peu. Nous restions là, immobiles, silencieux, nous dévisageant. Son regard était fixé sur moi. Alors je pris la parole pour lui expliquer, non sans ménagement et avec la voix de la raison, pourquoi je jugeais cette entreprise risquée :

— Comprends-moi, Richard, je donnerais volontiers cette somme pour acquérir une maison, ou monter une entreprise commerciale saine...

— Oui, bien sûr ! lança-t-il. Tu me verrais volontiers végéter derrière un comptoir, un tablier autour de la taille ! Non ?... Ecoute ! Tu dois certainement réaliser à quel point il est difficile à un homme comme moi de mendier auprès d'une femme !... Aussi ne mendierai-je pas. Je souhaite simplement que tu révises ton jugement...

Sur ces mots il me quitta. Mon premier mouvement fut de courir après lui, de dire que je lui donnerais l'argent nécessaire, davantage même. J'aurais fait n'importe quoi pour éteindre dans son regard ce courroux, pour que disparût du son de sa voix cette raillerie. Mais l'orgueil me retint. Moi non plus, je n'accepterais pas de ramper et de mendier !...

Il ne fut plus question du galion espagnol. Nous nous montrions polis l'un envers l'autre, sans plus, et ce aussi bien en présence des hommes et d'Evelyn que dans l'intimité de notre chambre. Quelquefois me venait l'irrésistible désir de tourner tout cela en dérision. Richard et moi nous étions assortis, tous deux dressés sur nos ergots et d'un incommensurable orgueil. Pourtant, plutôt que d'en rire, j'étais prête à en pleurer.

Les hommes partirent le samedi à l'aube, et je ne fus pas fâchée de voir disparaître le dernier d'entre eux. Mais leur départ représentait pour Richard une sorte de défaite ; il s'enferma ce jour-là et le suivant dans la bibliothèque, avec une réserve de brandy. Je songeais de nouveau à capituler, mais je me durcis dans mon attitude. Ma vie en eût-elle dépendu que je ne me fusse pas résignée à lui dire : « Je suis navrée, revoyons la question. » Du reste, je me trouvais confrontée à un autre problème plus immédiat, celui de tenir une immense demeure en état de confort relatif sans l'aide d'un seul domestique. Certes, je ne répugnais pas à la besogne, mais à *Wuthersfield,* avec ce dédale de pièces et d'escaliers sombres où régnait un froid intense, je ne savais pas où commencer. La cuisine était d'une nécessité impérieuse, si nous ne voulions pas mourir de faim.

Le jour où les hommes partirent, je préparais le repas de midi quand Evelyn entra et me proposa son aide. Dans le passé, elle avait limité celle-ci à me prodiguer des conseils, maniant occasionnellement un plumeau. Elle prétendait souffrir de migraines permanentes ; en fait, je l'avais jugée paresseuse. Or, j'eus une grande surprise... Elle noua un tablier autour de la taille et me dit :

— Savez-vous que je suis capable de réussir quelques petites choses si j'en ai envie ?

Comme Richard refusait de quitter la bibliothèque, nous mangeâmes sans lui, à la table de la cuisine. Ce qui simplifiait tout.

Je me réjouis de constater que je n'avais pas perdu mon habileté à faire la cuisine. L'épaule d'agneau était tendre, les légumes mijotaient doucement et les macarons au rhum étaient délicieux.

— Voyez ce que nous pouvons réussir à nous deux ! dit Evelyn qui m'avait aidée.

— Oui, mais il y a la vaisselle à laver, les feux à entretenir, les cendres à enlever...

— Je vous propose de répartir les tâches... Arthur pourrait s'occuper des feux... N'est-ce pas, Arthur ?

— Vous pouvez compter sur moi.

Ils paraissaient tellement sincères que je regrettai de les avoir jugés avec sévérité jusque-là. Je les remerciai, mais ajoutai que j'avais réfléchi et allais écrire à Mary Combs pour lui demander si elle ne connaîtrait pas quelque jeune fille désireuse d'entrer à mon service.

— A Byrnne ? fit Evelyn. N'est-ce pas un peu loin ?

La bouche pleine, Arthur déclara :

— S'ils sont assez pauvres pour faire ce sacrifice, les gens sont capables de faire même le trajet de Londres à pied ! Cette année les récoltes ont été mauvaises, et la plupart des paysans vont en pâtir ; je pense que dans le voisinage on pourrait trouver des jeunes filles qui...

Je l'interrompis :

— J'ai essayé ! Mais personne ne veut entendre parler de *Wuthersfield !*

— Ah ! c'est vrai, j'oubliais ! dit-il. Quelle sottise !... Vous, une sorcière ?

— Sottise ou non, c'est ce qu'ils croient.

L'après-midi même j'écrivis à Mary Combs...

Dans l'attente d'une réponse de Mary Combs, je fis ce que je pus, cachant à Richard que je vaquais aux tâches les plus ingrates pour ne pas l'irriter davantage. Naturellement, il eût été préférable de quitter *Wuthersfield* pour une maison moins vaste, moins vieille, mais Richard ne voulait pas entendre parler de cela, oubliant la promesse qu'il m'avait faite pour le cas où j'aurais souscrit à sa demande de financer l'expédition. *Wuthersfield* appartenait à la famille Cates depuis plus de trois cents ans, il ne voulait pas l'abandonner. Il s'enfermait dans le silence.

Les semaines passèrent, je n'avais toujours pas de réponse de Mary Combs. Sans doute lui avais-je demandé une chose impossible !

Puis le temps se rafraîchit, et l'automne arriva, avec son cortège de gelées blanches, le vent qui arrachait les feuilles des arbres et les jetait au hasard. Les feux brûlaient sans arrêt dans la plus grande partie de la maison ; néanmoins celle-ci restait glaciale, le hall en particulier. Il m'arrivait d'y respirer cette même odeur de terre qui avait précédé l'apparition du fantôme et du nœud coulant, mais aucune manifestation de ce genre ne s'était plus produite. J'arrivais en fin de compte à cette conclusion que l'un des camarades de Richard s'était déguisé pour assouvir sa rancune à mon égard. Peut-être même avaient-ils tous participé à cette « comédie » ! Si je n'avais été là, Richard les aurait gardés, et il aurait perdu au jeu, perdu *Wuthersfield*... Qui pouvait savoir jusqu'ou les choses seraient allées ?

Un après-midi, je me décidai à entreprendre une ronde à travers les étages supérieurs, afin de voir s'il n'y avait pas quelque fenêtre ouverte ou détériorée par où pénétrait ce froid sans cesse croissant. Richard et Arthur se trouvaient dans la cuisine où ils jouaient aux cartes ; Evelyn se tenait assise au coin du feu avec son panier à ouvrage à côté d'elle, en train de raccommoder du linge. Je pris une lampe, montai l'escalier. La partie inhabitée de la maison n'était qu'un labyrinthe décrépit comportant des couloirs et des pièces dont les volets étaient fermés, et où l'air puait. Certaines de ces pièces étaient vides ; dans d'autres se trouvaient quelques meubles recouverts d'une housse jaunie ; les tapis, enroulés, gisaient le long des murs.

Dans une seule des pièces, il y avait un grand lit recouvert d'une soie fanée, dont les rats avaient fait leur régal, et les housses ici étaient absentes. J'y vis également deux coffres en bois massif rehaussés de sculptures, un miroir au tain éraillé, une petite table légère et charmante. L'ensemble faisait songer à une chambre de jeune fille, ou de jeune femme, à cause d'une rangée de flacons de verre rangés devant le miroir, sur la coiffeuse. Le couvre-lit était rabattu, mais, si l'occupante avait eu l'intention de se coucher là, quelque chose ou quelqu'un l'en avait détournée. Je me demandai si ce lieu délabré n'avait pas autrefois appartenu à Gwendoline Cates... Celle que l'on avait accusée de sorcellerie... J'étais là à contempler la pièce, quand tout à coup le vent se mit à gémir, frôla les volets fermés, puis fit entendre un soupir si plaintif que j'en eus le frisson. Une petite forme se faufila sur le sol... Un rat, sans doute ! Les rats étaient très nombreux dans la maison. Et tout à coup j'eus envie de pleurer, fis demi-tour et sortis, l'esprit en déroute.

Mais dans le couloir je dus m'arrêter : j'avais la certitude de m'être égarée.

Le grincement d'un gond rouillé perça le silence... Mon cœur bondit ; je glissai un regard furtif vers la droite, vers la gauche, pensant à cette jeune sorcière qui s'était donné la mort, au bourreau frustré, dont les âmes sans repos hantaient peut-être *Wuthersfield*... Je pensai aussi aux anciens hôtes, qui avaient parlé, ri, aimé, pleuré, dormi là, et qui devaient, si par quelque sortilège ils pouvaient me voir et m'entendre, me considérer comme une étrangère... De nouveau un grincement... Je tendis l'oreille... Il y eut un souffle, une respiration. Prise de panique, je m'en allai à toute allure... Dans ma précipitation je manquai la dernière marche de l'escalier, titubai à travers le palier... Je lançai la main en avant pour me retenir de tomber. Ma main s'appliqua sur le mur... Alors, stupéfaite, je constatai qu'un pan de ce mur pivotait, découvrant un passage d'où montait la puissante odeur de la terre fraîchement remuée !

Immobile devant cette ouverture, j'hésitais entre la curiosité et la peur. Ce fut la curiosité qui l'emporta.

Je m'engageai avec de grandes précautions dans le boyau. Il était fort étroit et court, je ne tardai pas à en voir l'issue. Mais au bout se trouvait un escalier, qui descendait. En bas je trouvai une porte, l'ouvris. La lampe que j'avais à la main me suffisait pour y voir. De l'autre côté, la porte était dépourvue de loquet, et elle donnait sur un espace qui avait dû être le jardin potager, où la terre avait été remuée peu avant. Arthur — ce ne pouvait être que lui —, avait eu l'idée de planter là quelques légumes, pour se distraire. Mais je n'avais jamais soupçonné qu'il existât à *Wuthersfield* une issue autre que celle que je connaissais.

Je revins vers l'escalier, et remarquai alors une vitre, encastrée dans une porte que je n'avais pas vue. La vitre était si sale qu'il n'était pas possible de voir par-delà, mais il y avait un loquet sur la porte et j'ouvris. De l'autre côté se trouvait une sorte de rideau de toile. Je le tirai d'un coup sec... Je me trouvais au-dessus de la galerie des Ménestrels et j'apercevais le hall, en contrebas ! Je compris dans l'instant d'où provenait la singulière odeur et le courant d'air qui m'avaient intriguée...

Une idée épouvantable me vint... Ce courant d'air, je l'avais senti pas plus tard que la veille ; or, tous les hommes étaient partis... Mais, peut-être l'un d'eux était-il resté au manoir, se cachant dans l'une des innombrables pièces ? J'évoquai avec un frisson le grincement de ce gond rouillé, le souffle d'air qui une fois encore m'avait effrayée.

Evelyn était à la cuisine, se tenant près du feu. Elle me dit que les deux hommes étaient sortis pour chasser la perdrix.

Plus tard j'informai Richard de ma découverte, mais il ne sembla pas surpris ni même intéressé. Quand je lui dis que j'avais eu l'impression d'être épiée, il me regarda.

— Pourquoi voudrais-tu que l'on t'épie ?...

— Je ne sais pas... Quelqu'un qui m'en voudrait... et qui se cacherait dans la maison.

— Mon Dieu, Zillah, tu as une de ces imaginations ! C'est sans doute le fantôme du bourreau ou un revenant — un membre de la famille Cates — qui te regarde traverser et retraverser le hall, toujours munie de tes sacrés balais, n'est-ce pas ?...

Nous étions lancés sur la pente d'une nouvelle dispute, qui pouvait bien être suivie des silences particuliers à Richard ; aussi fis-je dévier la conversation.

Evelyn se montra tout aussi sceptique quand je

lui eus parlé de la fenêtre de la galerie. Elle ne voyait aucune relation entre ce prétendu poste d'observation et le courant d'air du hall, ni aucune raison pour que l'un des amis de Richard fût resté à *Wuthersfield*. Judicieusement, elle fit remarquer :

— Que pourraient-ils vouloir de plus ? Ils sont partis avec la coquette somme d'argent qu'ils ont gagnée aux cartes !

Je répliquai néanmoins :

— Mais cette fenêtre, qui est dissimulée derrière un portrait, à quoi pourrait-elle servir ?

— Un grand nombre de vieilles demeures sont équipées de ce genre de poste d'observation. Celui-ci a probablement été mis en place il y a très longtemps, sans doute à l'époque des affrontements entre les royalistes et les hommes de Cromwell (*). Beaucoup de familles nobles étaient ralliées à la cause du roi ; la famille Cates en était sans doute... Je ne crois pas qu'un seul des amis de Richard ait connu l'existence de ce poste d'observation.

Ces paroles ne me rassurèrent pas ; au contraire, elles augmentèrent mes craintes. En effet, ne pouvait-il y avoir aussi des dispositifs du même genre dans la bibliothèque, dans la salle à manger, ou même dans ma chambre ?...

Je conservais la quasi-certitude que quelqu'un était caché à *Wuthersfield*. Si je ne me trompais pas, l'inconnu avait besoin de se ravitailler...

---

* Homme politique anglais, Olivier Cromwell (1599-1658) organisa l'opposition, parlementaire d'abord, armée ensuite, à Charles Ier qu'il fit condamner à mort. Homme cruel et fanatique, il étendit son pouvoir sur l'Irlande et l'Ecosse et gouverna en dictateur avec le titre de Protecteur qu'il s'était fait attribuer.

Je commençai à surveiller avec vigilance nos réserves de vivres, en effectuant chaque matin une inspection pour voir si elles n'avaient pas diminué pendant la nuit. Mais je ne tardai pas à réaliser l'inanité de cette surveillance : Arthur et Richard grignotaient fréquemment et il était impossible d'évaluer exactement ce qu'ils consommaient... Je ne pouvais tout de même pas demeurer en permanence devant le garde-manger !

CHAPITRE IX

Par une sombre soirée humide et froide, Rosie revint à *Wuthersfield.* Elle frappa au carreau de la cuisine alors que j'étais en train d'éplucher des haricots. En levant les yeux, je vis son menu visage écrasé contre la vitre. J'éprouvai d'abord un choc, puis de la joie. Je me hâtai d'aller lui ouvrir la porte. Elle pénétra sans dire un mot dans la pièce, de l'air d'un petit chat affamé. Elle était plus chétive que lorsqu'elle avait quitté *Wuthersfield* ; elle n'avait plus que la peau sur les os, ses grands yeux étaient cernés et sous l'un d'eux on distinguait une meurtrissure.

— Rosie, tu es donc revenue ! m'écriai-je.

Elle essaya de parler, puis inclina la tête et éclata en sanglots. Je la pris dans mes bras, elle s'y blottit tandis que je caressais doucement ses cheveux.

— Viens près du feu ! dis-je quand elle se fut un peu calmée. Tu es glacée ; je suppose que tu meurs de faim ?

Je la fis s'asseoir sur un tabouret, et préparai du thé tout en l'observant du coin de l'œil. Elle retenait autour de ses maigres épaules un châle déchiré, de sa main squelettique.

— Tu m'as beaucoup manqué ! assurai-je.

— Vraiment, m'dam' ?

Une ébauche de sourire illumina sa petite figure. Elle ne parla plus jusqu'à ce que j'eusse déposé devant elle une tasse fumante, du fromage et du pain.

— Tout ça pour moi ? demanda-t-elle d'un air de doute. Oh ! merci, m'dam' ! Vous avez toujours été si bonne...

Elle mangea et but voracement. Pauvre petite ! Quand elle eut fini, elle se leva et alla déposer tasse et assiette dans l'évier. Son châle glissa, j'aperçus une vilaine ecchymose à la base de son cou.

Elle se tourna vers moi et dit brusquement :

— Je me suis enfuie, m'dam'...

— Enfuie ? Mais... ton père ne va-t-il pas te chercher ?

— Oh ! je ne pense pas, m'dam' ! Il doit être content d'être débarrassé de moi ! Et puis il ne viendrait pas ici !

— Et pourquoi t'es-tu enfuie ?

— J'ai... j'ai répandu du lait ; alors il m'a battue. Vous savez, ce n'est pas vraiment sa faute, m'dam' ! Il n'est pas méchant d'habitude...

D'après le récit entrecoupé de Rosie, je pus reconstituer la lamentable histoire... Les temps étaient durs pour les Pike, à cause des mauvaises récoltes. Rosie, qui avait pour tâche de traire les vaches, avait malencontreusement renversé un seau rempli de lait. Le père, furieux, s'était précipité sur elle avec un bâton et l'avait frappée, en lui criant qu'elle n'était qu'un parasite, comme ils l'étaient tous, alors qu'il se « saignait aux quatre veines » pour leur donner à manger ! Et Rosie, meurtrie, avait décidé qu'il était préférable pour sa famille qu'elle quittât la maison.

— Et j'ai pensé à *Wuthersfield,* m'dam'.

— Tu n'as donc pas peur de moi ? dis-je en souriant.

— Oh non, m'dam' ! Vous ne me renverrez pas, au moins ?

— Tu es sûre que ton père ne sera pas fâché ?...

Elle m'assura que non, et je lui dis qu'elle pouvait rester. A ma grande confusion, elle me prit la main et la baisa.

Le retour de Rosie avait opéré dans mon esprit un merveilleux changement. Tandis qu'ensemble nous époussetions, récurions, lavions, j'oubliais tout, jusqu'à mes doutes et mes craintes. Je n'entendais plus de coups frappés à la porte, je ne sentais plus de subtils courants d'air dans le hall, ne croyais plus apercevoir le fantôme. Je commençais à penser que Richard avait raison quand il disait que je ferais bien de contrôler ma folle imagination. Mais les rats, eux, étaient bien réels à *Wuthersfield* ; leur nombre augmentait sans cesse et le chat de gouttière que j'avais rapporté à la maison ne suffisait pas à les effrayer.

— Le poison, ce serait le seul moyen de s'en débarrasser, déclara Evelyn un matin, après le petit déjeuner. Les rats des champs sont une espèce particulièrement coriace, ils entrent dans les maisons quand ils n'ont plus de subsistance suffisante à l'extérieur. Vous pourriez vous procurer du poison chez le droguiste, à Lyleton.

Je lui demandai de m'accompagner, mais elle prétexta une de ses abominables migraines.

— En revanche, ajouta-t-elle, vous pourriez me rapporter des comprimés ; j'ai épuisé toute ma réserve.

C'était une douce matinée d'octobre, le temps était clair, le soleil brillait et répandait une clarté dorée dans le ciel. Il y avait encore des feuilles aux hêtres, aux chênes et aux frênes, qu'un léger vent agitait. On sentait l'odeur des feux de bois dont la fumée s'élevait au-dessus des cheminées. Je me sentais particulièrement heureuse ce jour-là, et j'avais l'impression que tout le monde devait l'être, mais les gens que je rencontrai en chemin semblaient maussades. Les femmes glanaient dans les champs les vestiges de maigres récoltes, les enfants me dévisageaient avec des yeux méfiants. Je pensai à mon *lord* resté au manoir... Bien qu'il ne boudât plus et qu'il lui arrivât même de rire en ma compagnie, je savais que Richard était fort loin d'être heureux. Avec un soupir, je me demandai ce que j'étais moi-même devenue. J'avais changé ; j'avais l'impression d'avoir vieilli, les moments où, comme aujourd'hui, j'éprouvais une vague impression de joie se faisaient de plus en plus rares et je me remémorai le passé, alors que j'étais pauvre et active dans la maison de ma grand-mère, avec déchirement.

Toutes ces pensées s'agitaient dans ma tête lorsque j'atteignis la boutique du pharmacien, un peu avant midi. Des flacons poussiéreux garnissaient des étagères ; il se dégageait les puissants arômes de l'anis et de l'ail, odeurs qui me rappelèrent vaguement celles de notre cottage sur la lande. Le comptoir derrière lequel trônait George Trundle, un homme très grand, se trouvait au fond du magasin. La dernière fois que j'étais venue à la pharmacie, Evelyn était avec moi et George Trundle s'était montré expansif. Ce jour-là, il m'accueillit avec une amabilité toute commerciale et demanda en se frottant les mains ce que je désirais. Comme il était droguiste en même temps que pharmacien, je commençai par lui exposer les détails de nos démêlés avec les rongeurs.

— Ah ! vous voulez de la mort-aux-rats ? dit-il. J'ai exactement ce qu'il vous faut.

Il atteignit une petite jarre sur une étagère et la déposa devant moi.

— En voulez-vous une grosse quantité ?

— Assez, oui ; je crois qu'il m'en faudra beaucoup.

Il hocha la tête, se disposa à me faire un paquet.

— Beaucoup de gens se plaignent des rats, cette année, fit-il remarquer d'un ton qui me parut cordial.

Deux clients entrèrent, un homme entre deux âges au visage rougeaud, une femme corpulente qui devait être son épouse. Ils murmurèrent un « bonjour » et la femme me fixa avec une grossière insistance.

— Ça fait deux shillings et six pence, annonça George Trundle en me tendant un paquet.

Je le réglai, le saluai, m'éloignai.

Comme j'allais sortir, je pensai à ce que m'avait demandé d'acheter Evelyn.

Je fis demi-tour, me dirigeai vers le comptoir.

La boutique était sombre, et de plus l'homme et la femme étaient placés de telle sorte que George Trundle ne pouvait m'apercevoir.

Le pharmacien parlait :

— Oui, c'était elle... (Je m'immobilisai, attentive.) On raconte que sa grand-mère était sorcière ; elle vivait près de Byrnne, sur la lande. Mais je ne crois pas à ces histoires !

La femme répliqua d'une voix basse :

— Eh bien, moi, j'y crois ! Et je pense que ces gens-là se transmettent leurs secrets d'une génération à l'autre...

Incapable d'en entendre davantage, je sortis du magasin en faisant claquer la porte !

Il me restait plusieurs emplettes à faire à Lyleton ; je devais acheter du thé, de la farine, entre autres. Je devais aussi laisser une paire de chaussures chez le cordonnier. Il me sembla que l'on m'accueillait ici et là avec une certaine réticence. Je m'efforçais de paraître indifférente, mais j'étais indignée. Enfin, je fis halte au bureau de poste, où l'on me remit une lettre de Jack Combs, une lettre aimable, pleine de sollicitude. Mary Combs n'avait pu trouver personne qui consentît à aller travailler à *Wuthersfield*, mais il espérait que j'aurais obtenu satisfaction dans l'intervalle et me demandait si j'étais heureuse et en bonne santé. Je répondrais que tout allait bien pour moi, ne voyant aucune raison de tourmenter ce brave homme avec mes fantasmes.

Lorsque je quittai la grand-route pour m'engager sur le chemin défoncé qui conduisait au manoir, l'étoile du soir brillait déjà dans le ciel presque violet. De part et d'autre de l'allée, il y avait une haie touffue, les ombres de la nuit envahissaient *Wuthers-*

field. Le cheval sentit l'écurie, trotta d'une allure plus alerte. Soudain j'aperçus, immobile en travers du chemin, un homme à cheval, à peu de distance. Pensant qu'il s'agissait de Richard ou d'Arthur, je lançai un « hello ! ». L'homme ne répondit pas mais s'approcha au petit trot de son cheval. Avant que j'eusse eu le temps d'émettre un son, il brandit une badine et l'abattit brutalement sur le dos de mon pauvre animal qui se cabra, manquant de m'éjecter hors du cabriolet. Mon cœur se mit à battre à tout rompre, je tirai sur les rênes, le cheval reprit son équilibre et commença à descendre le chemin au galop. Je crus que la légère voiture allait verser, mais elle se maintint. Le cavalier, masqué, enveloppé d'une cape, régla son allure sur la nôtre... Du coin de l'œil je le vis se pencher de nouveau, j'entendis le sifflement de la badine et le cabriolet fut aussitôt emporté à une vitesse folle, roulant par instants sur une seule roue. « Dieu ! il essaie de me tuer ! » me dis-je.

Je me mis à hurler :

— Holà, Sabrina !... Là ! là ! ma belle !...

Il me sembla que le cheval ralentissait son allure, mais l'impression était fausse : il était trop épouvanté pour s'apaiser si vite.

Le cavalier chevauchait toujours à ma hauteur. Je maintins les rênes d'une seule main et de l'autre tâtonnai pour m'emparer du fouet. Je venais de l'atteindre quand j'entendis une nouvelle fois le sifflement de la badine... La voiture tanguait et roulait comme un canot dans la tempête. Violemment secouée, je parvins néanmoins à brandir le fouet, à me retourner et à frapper, à frapper aveuglément le tourmenteur qui se plaquait à présent contre l'encolure de sa bête. Je frappais avec toute l'énergie qui me retenait encore à la vie. Il parait les coups de sa badine, et l'espace de quelques secondes nous nous opposâmes en un duel forcené, jusqu'à ce que le cabriolet sortît enfin de l'allée sombre et pénétrât dans la cour de *Wuthersfield*.

Je parvins à ralentir l'allure de Sabrina... Quand je l'immobilisai enfin, je lançai un regard autour de moi. Le cavalier avait disparu... A cet instant-là seulement me revint en mémoire une vision fugitive : lorsqu'il avait levé son bras pour frapper, son manteau s'était entrouvert et j'avais aperçu un brandebourg... L'agresseur était sans doute un militaire, ou un ancien militaire... Richard, je le savais, possédait un tel brandebourg !...

Avec des mains tremblantes je dételai la voiture. Sabrina roulait des yeux sauvages dans ses orbites rougies ; elle écumait. J'essuyai ses flancs ruisselants, lui donnai une brassée d'avoine. Je remarquai que le cheval de Richard n'était pas dans sa stalle... Tandis que je rassemblais mes paquets dans le cabriolet où ils avaient été éparpillés, je me disais que Richard n'était pas le seul à avoir un brandebourg si caractéristique... Il devait en exister des quantités... Je me rendis compte qu'il me manquait deux ou trois paquets, mais pour rien au monde je ne serais partie à leur recherche seule et dans la nuit.

Sur le seuil, je fis une pause, les yeux levés pour considérer les murs couverts de lierre, et ce bouquet d'arbres sombre qui s'élevait vers le ciel constellé d'étoiles et paraissait veiller sur les secrets de *Wuthersfield*. Qui ? Qui se tenait là, caché ?... Le vent souffla à travers les branches, un oiseau nocturne hulula. Qui ?...

Parvenue à la porte qui donnait sur la cuisine, je vis le cheval d'Arthur attaché à un poteau, qui broutait l'herbe de la cour. L'animal leva la tête, je caressai ses naseaux veloutés. Sa peau était brûlante. « Et si c'était Arthur ?... » me dis-je tout à coup. Le cheval était grand, décharné, mais dans l'obscurité du chemin j'avais accordé plus d'attention au cavalier qu'à sa monture, bien entendu. Quant à l'uniforme..., je savais par Evelyn qu'il avait été militaire...

Evelyn et Arthur étaient à la cuisine. Evelyn buvait son thé, et Arthur, assis sur une chaise près du feu, décortiquait des noix. Perchée sur un tabouret au-dessus de l'évier, Rosie épluchait des pommes de terre. C'était un tableau paisible, rassurant, de bonheur domestique, qui contrastait singulièrement avec la tumultueuse aventure que je venais de vivre, et je doutais presque que l'image floue de ce cavalier eût été réelle... Arthur me regarda.

— Ah ! vous voilà enfin ! dit-il. Nous commencions à nous poser des questions...

Il portait sa veste de chasse renforcée de cuir aux coudes.

— N'êtes-vous pas sorti ? lui demandai-je.

Interloqué, il me dévisagea.

— Oui, il y a un moment.

— Combien de temps avez-vous été absent de la maison ?

Je voulais savoir, à n'importe quel prix !

La tasse d'Evelyn heurta la soucoupe où elle la déposait.

— Au nom du Ciel, que vous est-il arrivé ?

Jusqu'à ce moment je n'avais pas pris conscience de mon aspect : mon chapeau avait glissé sur le côté, j'étais ébouriffée. Et je devais être livide.

— Quelqu'un a essayé de faire verser la voiture ! m'écriai-je.

Evelyn se leva d'un bond.

— Vous n'avez pas de mal ?

— Heureusement, non !

Je leur racontai mon histoire.

— Et c'est pourquoi vous désirez connaître l'emploi du temps d'Arthur ? demanda Evelyn.

— Je... je pensais qu'il aurait pu voir cet homme...

— ... ou bien que c'était lui !

Evelyn avait son énigmatique sourire aux lèvres.

— Mais non, voyons !

— C'est pourtant ce que vous avez envisagé... Oui, je le devine à l'expression de votre visage. Mais, s'il vous plaît, dites-moi pourquoi Arthur vous attaquerait, pourquoi il essaierait de vous tuer...

— Oui, pourquoi ? dit Arthur en écho.

Ils avaient raison ! Pourquoi Arthur m'en voudrait-il ? Arthur et Evelyn, je ne les avais jamais considérés comme de véritables amis, mais nous nous étions habitués à la cohabitation, avec un certain agrément.

Je jugeai opportun de m'excuser...

— Je suis désolée que vous ayez mal interprété mes paroles !

— C'était peut-être un bandit, hasarda Arthur. On dit que certains fermiers, quand ils se trouvent dans une situation désespérée, se livrent à la maraude, à l'attaque parfois.

— Peut-être... (Je n'étais pas du tout convaincue.) Un simple voleur se serait contenté d'arrêter le cheval et m'aurait menacée d'une arme en disant, par exemple : « La bourse ou la vie ! » Mais pourquoi aurait-il voulu faire verser le cabriolet, si près du manoir ?...

— Vous n'auriez pas dû vous hasarder si tard sur les routes, dit Evelyn en souriant. Je suis désolée ! Voulez-vous monter vous mettre à l'aise pendant que je vous préparerai une tasse de thé ?

J'acquiesçai, et ajoutai avant de sortir :

— Au fait..., est-ce que Richard est là ?

— Non, il est parti voilà une heure environ... Il a dit qu'il serait de retour pour le dîner.

Une fois dans la chambre, je fouillai l'armoire où Richard rangeait ses vêtements. L'uniforme ne s'y trouvait pas !

Je m'assis sur le lit, le cœur chaviré. Je rassemblai tous les arguments possibles pour me convaincre que cela ne signifiait rien ! Cet uniforme, Dieu savait ce qu'il était devenu !... Et si Richard était sorti, c'était sans doute pour se rendre à un club qu'il fréquentait depuis le départ de ses amis, le *Yoke and Ox*. Et enfin, pourquoi aurait-il voulu... Mais je n'avais pas le courage d'aller jusqu'au bout de la question.

Installée devant la glace, j'ôtai mon chapeau, puis les épingles qui retenaient — mal — mes cheveux. Ils retombèrent sur mes épaules, en cascade. « Comme des rivières de nuit », avait dit Richard. Etait-ce à Paris ?... Oui, à Paris, quand il était encore passionnément amoureux de moi. Quelle était l'origine de son changement d'attitude ?...

Je lui avais refusé la somme dont il avait besoin pour courir à la chasse au trésor espagnol, et il m'en voulait. Oui, mais si je venais à mourir... Non, cela n'était pas possible ! Et pourtant, si je mourais, Richard ne serait plus obligé de « mendier » auprès de moi, ainsi qu'il l'avait dit, car mon argent lui appartiendrait, jusqu'au dernier centime... Je voyais mes yeux luire dans mon miroir comme deux tisons ; je me détournai, les oreilles bourdonnantes, essayant de chasser de mon esprit cette affreuse pensée. Mais d'autres images vinrent me tourmenter... Je revoyais Richard dans le parloir, face à Helen Young, rouge de confusion, puis plus tard, quand nous descendions l'avenue bordée d'arbres. Je l'entendais me dire : « Je n'excelle pas à discourir..., mais laissons cela... Voulez-vous m'épouser ? » Il m'avait demandée en mariage *après* la mort de ma grand-mère... Mais comment avait-il pu apprendre que je devenais une riche héritière ?... A moins que Sandra... Oui, elle savait et elle avait pu lui écrire... Et Richard qui n'avait pas un sou vaillant s'était empressé de venir au collège me jouer cette grotesque comédie !... O mon Dieu, était-ce possible ?... « Pour de l'argent ! » murmurai-je, furieuse. Je pris la brosse et tirai sur mes cheveux. Cette fois je me remémorais Richard jouant des nuits entières, une lueur fauve au fond des yeux. Je croyais le voir, jetant avec négligence un billet d'une livre dans l'escarcelle en disant : « Il y en aura encore beaucoup d'autres comme celui-là ! » Il avait une femme riche... Et tout le monde éclatait de rire. Pourquoi, Richard ?... Le fantôme, la corde qui se balançait, se terminant par un nœud coulant... « C'est stupide, assurait-il ; ce n'est que le fruit de ton imagination. » Et le filin tendu dans l'escalier... L'escalier sombre et aride de la galerie... Certes, il valait mieux se débarrasser de son épouse que de la supplier de donner de l'argent alors qu'elle se refusait à le faire !... J'avais été trompée, dupée comme n'importe quelle stupide servante aurait pu l'être, séduite. Jamais je ne l'avais questionné sur son passé, sur ses habitudes, jamais je n'avais fait allusion à la façon dont l'argent s'était volatilisé... J'étais, devant lui, éperdue d'admiration.

Richard entra.

— Où est donc ton uniforme ? lui demandai-je avant qu'il eût pu prononcer un seul mot.

— Quel uniforme ?

— Tu le sais bien !

Je m'élançai vers l'armoire que j'ouvris largement.

— Il n'est pas là ! Qu'en as-tu fait ?

— Ce que j'en ai fait ? lança-t-il, interloqué. Mais, de quoi parles-tu ?

Il s'approcha, et avec maladresse chercha parmi les vêtements.

— Eh bien, tu as raison, il n'y est pas ! Mais quelle importance ?

Il avait haussé les épaules.

Je le dévisageai avec froideur.

— Evelyn ne t'a-t-elle rien dit ?... J'ai été attaquée par un homme qui portait un uniforme militaire !

— En effet, elle m'a raconté ta mésaventure, mais elle n'a pas mentionné ce détail.

— Une mésaventure !... C'est par ce mot qu'elle a qualifié l'attentat dont j'ai été victime ?...

— Voyons, Zillah, calme-toi !

— Non !... Quelqu'un... quelqu'un monté sur un cheval et revêtu d'un uniforme, de *ton* uniforme, a fouetté Sabrina puis a essayé de faire basculer le cabriolet !

— Où est la voiture ?

— Pourquoi cette question ?... Dans la cour, probablement. Bref, j'ai réussi à parer ses coups grâce à mon fouet.

— Je vois...

— Est-ce que c'était toi ?... Réponds seulement à cette question !

Les paroles avaient fusé de mes lèvres malgré moi. Un brouillard rouge voilait mes yeux.

— Bon sang, Zillah, j'ai l'impression que tu as perdu la raison !

— N'essaie pas de minimiser ce drame en me traitant de folle !

— Je n'ai jamais pu supporter les femmes qui « piquent » des crises d'hystérie !

— Ah ! je suis hystérique !... Mais tu ne m'abuses pas, je sais que c'est toi qui as voulu me tuer... Tu avais d'ailleurs essayé plusieurs fois de le faire... Ne me crois pas si naïve, Richard ! Tu veux t'approprier ma fortune !...

Son visage se durcit. Il me toisa avec une froide expression de mépris, se détourna et quitta la pièce sans avoir ajouté un mot.

Je descendis à l'heure du dîner, les cheveux bien coiffés, vêtue d'une jolie robe, mais je voulais que ce repas fût le dernier que je prendrais à *Wuthersfield*. Le lendemain matin, je bouclerais ma valise, je m'en irais avec le cabriolet jusqu'à Lyleton pour y prendre le premier train. Rester plus longtemps dans cette demeure serait m'exposer.

C'était Evelyn qui avait préparé le dîner, mais je ne me souviens pas de ce que nous avons mangé. Le mutisme qui nous séparait, Richard et moi, était chargé d'une grande tension nerveuse. Cependant, Arthur ne semblait pas en avoir conscience : il rapporta dans le détail ses démêlés avec un faisan, qu'il avait chassé à l'affût l'après-midi même. Evelyn écoutait vaguement, s'interrompait parfois de manger pour sourire. Richard regardait son assiette.

— Vous n'avez guère d'appétit ! dit Evelyn à mon adresse.

— Je... je me suis arrêtée chez madame Jarret pour prendre le thé...

C'était un mensonge, mais je ne voulais pas expliquer autrement à Evelyn mon manque d'appétit.

— En tout cas, vous ne refuserez pas votre dessert favori : du pouding au rhum.

Elle confectionnait d'ordinaire un excellent pouding dont Richard et moi étions friands.

Rosie enleva les assiettes, en apporta d'autres, et Evelyn servit son chef-d'œuvre culinaire. Mais quand elle me tendit une assiette pleine, je ne pus que la contempler, la cuillère à la main, l'estomac chaviré.

— Tu ne manges donc pas ? demanda Richard, l'œil fixé sur mon assiette.

— Non, dis-je sèchement en repoussant mon assiette. Tu peux prendre ma part si tu veux.

Richard tendit la main...

Evelyn bondit littéralement, et saisit l'assiette.

— Voyons, Richard, il en reste beaucoup trop ! s'écria-t-elle. Laissez-moi vous en servir un autre morceau. Nous ne sommes pas obligés de manger des restes, n'est-ce pas ?

Avec un sourire grimaçant, Evelyn mit mon assiette à l'écart, et Richard haussa les épaules.

— Comme vous voudrez, Evelyn.

J'eus une sorte de nausée, m'excusai et montai directement à ma chambre. La porte était munie d'une serrure, mais dépourvue de clé. Je poussai devant un lourd fauteuil. Richard pourrait passer la nuit dans la bibliothèque ou dans la cuisine, peu m'importait ! J'étais moins troublée, moins angoissée par le souvenir de notre dispute que par trop de questions demeurées sans réponse... Qu'était-il advenu de son uniforme ?... Avait-il réellement tenté de me tuer ?... Pouvais-je avoir encore confiance en lui ?...

Je me déshabillai, m'insinuai entre les draps et restai immobile à écouter geindre le vent. Avais-je été trop péremptoire ? Est-ce qu'un homme, qui préméditerait un meurtre, pourrait manger de si bon appétit sans être tourmenté par sa conscience ?... Peut-être avais-je rassemblé des faits, relié entre elles des circonstances auxquels j'avais donné une ampleur démesurée, alors qu'il ne s'agissait que de coïncidences... Je tendis la main, abaissai la flamme de la lampe. Que pouvait être l'homme qui avait voulu faire verser la voiture, qui avait balancé cette corde avec le nœud coulant, tendu le cordon de laine noire ? Comment expliquer la disparition de l'uniforme de Richard ? Il y avait bien quelqu'un derrière cette série de machinations. Seulement, je n'avais pas laissé à Richard une seule chance de se justifier. Il m'aurait suffi par exemple de me rendre au *Yoke and Ox*, pour vérifier à quelle heure le capitaine Cates avait quitté l'établissement, la veille. Le patron m'aurait jeté un coup d'œil narquois, les clients auraient échangé des sourires... Je n'aurais été pour eux qu'une épouse comme il en existait tant... Mais j'aurais été fixée : ou bien Richard était mon agresseur, ou bien c'était un autre...

CHAPITRE X

J'entendis le pas de mon mari résonner dans le corridor. Il essaya d'ouvrir la porte qui résista. Il la martela des poings. Le fauteuil fut ébranlé. Il souffla, à travers la serrure :

— Zillah !... Laisse-moi entrer !

Il frappa de nouveau, la porte s'entrebâilla. Il s'insinua à l'intérieur avec difficulté, enjamba le fauteuil. Je ne bougeais pas, feignant de dormir. Mais à travers mes paupières à demi closes, je le vis se diriger en vacillant vers le cabinet de toilette et l'entendis faire des efforts pour rendre. Quelques secondes, je luttai contre la tentation de lui venir en aide. Quand il revint dans la chambre, son visage avait une inquiétante couleur grisâtre. Je m'assis sur le lit.

— Richard, qu'est-ce que tu as ?...

— Ce doit être un refroidissement... Ou alors ce vin que j'ai bu au *Yoke and Ox*... Je lui ai trouvé un goût acide...

— Est-ce que tu as beaucoup bu ?

— Beaucoup trop !

Vaincue, je me levai...

— Oh ! mes jambes ! dit-il. J'ai des crampes...

J'essuyai son front moite avec une serviette.

Il s'appuya sur mon bras, tremblant, et ne protesta pas quand j'entrepris de le déshabiller.

Je le bordai comme un enfant. La résignation dont il faisait preuve augmentait mon inquiétude. Il me prit la main et murmura :

— Zillah, j'ai été tyrannique...

Dieu sait que j'aurais voulu retirer toutes les paroles dures que je lui avais dites !

— De mon côté, Richard, je t'ai traité de manière...

— Oui, oui. (Il grimaça de douleur.) Mais tu ne pensais pas tout cela..., Zillah chérie... Tu ne pensais pas réellement que... je voulais te tuer ?...

— Bien sûr que non !

— J'aurais dû attacher de l'importance... à ce que tu racontais... Cet homme qui a essayé de faire verser... (Il eut un nouveau spasme.) J'irai à la police...

— Nous irons tous les deux, demain.

Son étreinte se resserra sur ma main, une lueur intense apparut dans son regard. Il supplia :

— Tu ne me quitteras pas, dis ?

Une sueur glacée inonda son front.

— Non, jamais, Richard ! m'écriai-je.

— Je t'aime, Zillah... Il faut me pardonner... tout ce que je t'ai fait subir..., mes colères, les cartes... Je t'adore !

Je le voyais, il était désespéré, sans défense, et malade ! Il le fut pendant toute la nuit ; il dormait par intermittence, d'un sommeil entrecoupé de périodes de délire, se plaignait d'avoir soif.

J'étais descendue pour préparer du thé ; je lui en

faisais boire de grandes tasses, additionné de lait. A certains moments, il dut rêver du galion espagnol, car il cria : « C'est pour Zillah !... C'est pour Zillah ! » Un peu plus tard il se réveilla, me regarda et passa son doigt tremblant sur ma joue.

— Tu ne sais pas, chérie, ce qui m'a rendu follement amoureux de toi ?... Non, ce n'est pas... ta magnifique chevelure, ni tes grands yeux... Ce sont tes fossettes... Mais que diable, Zillah, tu ne vas pas... te mettre à pleurer ? Je sais ce que j'ai : une fièvre récurrente... J'ai attrapé ça en Afrique... Je serai rétabli... dans la matinée, tu verras.

Mais le matin son état avait empiré. Il était d'une pâleur terreuse, avait la peau moite, et pouvait à peine bouger. Sérieusement alarmée, j'envoyai Arthur à Lyleton demander au médecin de venir. Le Dr Lovell arriva deux heures après. Il examina Richard et confirma son diagnostic. Richard souffrait d'une fièvre tropicale, sans doute la malaria. Grand-mère avait eu une « cliente », dont le mari, qui avait servi dans l'infanterie en Inde, était affligé de cette maladie. Je me rappelai nettement la description qu'elle avait faite des symptômes. Ceux-ci ne correspondaient en rien à ceux de la maladie de Richard.

J'eus le tort d'en faire la remarque au médecin qui me toisa et s'écria :

— Vraiment, madame Cates, auriez-vous la prétention de guérir vous-même votre époux ?

Je rougis sous l'affront. Vraisemblablement ma réputation de « sorcière » lui était-elle venue aux oreilles. Cabrée, je répliquai :

— Si j'avais eu cette prétention, docteur, je ne vous aurais pas fait appeler !

Richard, qui depuis un instant s'agitait sur son oreiller, parvint à dire, d'une voix à peine audible :

— Elle a raison, docteur... Je commence à croire... que ce n'est pas cela...

— Hum !... (Le médecin fixa le malade.) Eh bien, ce que je viens d'établir, c'est un diagnostic de praticien, et il me paraît cohérent ! Nous verrons par la suite. (Il se tourna vers moi.) J'ai laissé quelques poudres à lui administrer, une toutes les heures. Veillez à le tenir au chaud et à lui donner une alimentation légère. (Il me tapota le bras.) Je suis sûr que vous ferez une excellente infirmière.

Il sortit, accompagné d'Evelyn. J'entendis celle-ci qui lui demandait s'il voulait accepter un verre de porto, et il acquiesça.

Quand je descendis, beaucoup plus tard, à la cuisine pour préparer du thé pour Richard, j'entendis sa grosse voix résonner dans la bibliothèque. Que faisait-il encore là ?

Pendant toute la semaine qui suivit, je soignai fidèlement Richard, avec l'aide de Rosie, sans jamais le quitter plus d'un quart d'heure. Enfin son état s'améliora, il put s'asseoir sur son lit et mon empressement à le satisfaire devint pour lui un sujet d'amusement.

— Eh ! eh ! fit-il une fois pour me taquiner, voilà que tu files doux ! Aurais-tu la conscience chargée, mon amour ? (Il m'attira sur le lit.) Ah ! tu rougis ! Aurais-je vu juste ?... Ainsi tu pensais vraiment que... que j'étais un assassin ?

Je faillis lui faire remarquer qu'au moment où il était tombé malade il avait parlé d'alerter la police et que selon toute apparence il avait oublié ce projet...

Plus tard, lorsqu'il serait complètement rétabli, nous reparlerions de cette affaire. Je me bornai à secouer la tête et à rire avec lui. Il relâcha son étreinte avec un petit soupir, tomba endormi sur son oreiller. Son rétablissement fut lent, et, pour le hâter, j'eus recours à des herbes parmi lesquelles le persil des prés et l'armoise que grand-mère utilisait souvent. Toutes deux, et d'autres encore, avaient des propriétés toniques. Richard éclatait de rire quand je lui disais que j'avais mélangé ces infusions à son thé, mais jamais il ne se refusa à en prendre. Il put quitter le lit, pour des périodes de plus en plus longues, et maintenant il s'impatientait de ma tendre vigilance.

— J'en ai assez d'être nourri de bouillies de ta confection ! s'écria-t-il un soir. Je vais descendre dîner, et je veux un « vrai » repas, avec du rôti de bœuf, et pour le terminer un pouding.

— Demain, je te le promets. Pas ce soir.

Nous prenions nos repas ensemble dans la chambre ; je les préparais moi-même et apportais le tout sur un plateau. Afin que Richard ne fût pas tenté de faire une infraction au régime qui lui était prescrit, je mangeais toujours la même chose que lui, à une seule exception : le soir, je lui permettais de boire un verre de vin. Mais ce soir-là il s'écria :

— Bon sang ! Ce vent glacé pénètre partout dans cette vieille demeure. J'ai froid. Ne voudrais-tu pas m'apporter également une tasse de thé ? J'aurais plaisir à le boire.

J'avais le mien, dans la théière, et bien qu'il

assurât pouvoir attendre, je remplis sa tasse. Il me remercia, commença à boire avidement.

— Amer ! fit-il. Donne-moi un peu plus de sucre.

Il but jusqu'à la dernière goutte et se mit à mordre à belles dents dans ses toasts aux œufs. Nous avions presque terminé de dîner quand je me rendis compte que Richard était devenu étrangement silencieux.

Je demandai :

— Qu'y a-t-il ? Tu ne te sens pas bien ?

— Non, la gorge me brûle, j'ai l'impression que...

Il repoussa brutalement le plateau, et courut en titubant jusqu'au lavabo. Je savais ce que cela voulait dire...

Cette nuit-là, il alla de plus en plus mal, davantage encore que lors de sa première crise. C'était une rechute, et qui s'annonçait mauvaise. Je fis seller Sabrina par Arthur et galopai aussi vite que je pus jusque chez le Dr Lovell. La tempête soufflait depuis minuit, je priais pour ne pas être retardée.

Deux heures après, je revins avec le médecin. Mais Richard avait cessé de vivre !

Assise au bord du lit, muette de stupeur, je tenais sa main froide dans les miennes. Le Dr Lovell s'approcha, examina le visage de Richard puis ferma son bel œil dont l'éclat se ternissait. Avec emphase, il déclara :

— Il est mort !

Je considérai ce visage rouge et gras, aux joues

molles, et tout à coup j'eus le désir insensé de le frapper. Car, tant que le mot atroce n'avait pas été prononcé, comment pouvais-je croire que Richard était... mort ? Il n'était pas écrit dans le destin de mon mari qu'il pût mourir si jeune, et de cette manière !... Vaincu par la maladie, le visage convulsé, altéré, mon Richard avait expiré après un dernier et pitoyable gémissement !

— Allons, venez ! murmura Evelyn. (Je m'aperçus qu'elle était d'une pâleur cireuse quand elle me prit le bras pour m'entraîner.) Le docteur Lovell veut l'examiner...

D'abord, je refusai de le laisser, ma main s'agrippait à la sienne, mais le Dr Lovell me pria d'être raisonnable : il fallait bien qu'il examinât le défunt pour pouvoir établir le permis d'inhumer. Comme il essayait de me faire lâcher prise, je me mis à hurler, sans vouloir lâcher la main de Richard. Je secouai violemment Evelyn pour me débarrasser de son emprise.

— Peut-être un sédatif vous ferait-il du bien, dit le Dr Lovell en me prenant par l'épaule.

Je le repoussai du coude, sans cesser de vociférer.

— Une crise d'hystérie ! dit le médecin. Nous voilà bien !

— Elle est folle ! déclara Arthur.

L'instant d'après, il intervenait, m'arrachait avec rudesse à la main de Richard, me soulevait à bras-le-corps et me déposait à terre sans ménagement. Aveuglée par des larmes de rage et de douleur, je me jetait sur lui pour le frapper. Ses pupilles étaient dilatées, il avait l'air hagard, il me saisit la main et me mordit à la paume, après quoi il m'assena un coup sur la tête de son énorme poing. Etourdie, je reculai, Evelyn se précipitant pour me soutenir. Dans le silence oppressant qui suivit, la voix du Dr Lovell éclata comme un coup de tonnerre :

— Cet homme a été empoisonné ! Par de l'arsenic, je crois !

J'ouvris les yeux et vis le visage calme d'Evelyn penché sur moi. Tandis que je m'éveillai, avec le souvenir affreux de ma crise, le silence de la maison me parut étrange. Où étais-je ? Qu'avait-on fait de Richard ?

— Je vous ai transportée dans ma chambre, dit Evelyn. Vous sentez-vous mieux ?

— Oui, répondis-je en m'asseyant sur le lit. Est-ce que je suis restée longtemps inconsciente ?

— Non, pas trop longtemps. Le médecin aimerait que vous preniez un sédatif.

— Je n'en ai pas besoin ! Je suis tout à fait rétablie à présent.

Avec prudence, avec horreur, comme si j'étais au bord de l'abîme, j'abordais par la pensée la réalité de la mort de Richard. Plus tard, quand je serais seule, je pourrais donner libre cours à ma douleur.

— Le docteur Lovell souhaiterait avoir un entretien avec vous, dit Evelyn. Pensez-vous être en état de le recevoir ?

— Oui, s'il est toujours là. Au fait..., que voulait-il dire quand il a... quand il s'est écrié que Richard...

Mais déjà Evelyn avait disparu. Quelques minutes plus tard, le médecin entra en se frictionnant les mains.

— Eh bien, eh bien, ma chère, vous voilà remise ? Je suis navré de vous avoir causé une telle émotion. Cela a dû être pour vous un choc terrible. Je vous dois des excuses.

— Vous avez affirmé...

— Je sais, je sais, chère madame. Au premier abord, l'apparence du capitaine Cates, la moiteur de la peau, les membres raidis, etc., tout cela présentait les signes caractéristiques de l'empoisonnement par l'arsenic. Je me suis déjà trouvé en présence de cas semblables, survenus par suite de négligence. Mais après un examen plus approfondi, j'ai découvert que votre mari, affaibli par la malaria, avait succombé à une crise cardiaque consécutive à une gastrite aiguë.

Il fit une pause, en se balançant d'avant en arrière sur les talons, les pouces dans les poches de son gilet. Je me demandais jusqu'à quel point le Dr Lovell était compétent, et persistais à croire que son premier diagnostic était erroné. Se trompait-il encore cette fois ? Tout ce que je savais en matière de toxicologie se limitait à la science des plantes, que m'avait inculquée grand-mère.

— Vous êtes tout à fait sûr de cela, docteur ?

— Tout à fait, chère madame. Voyons, il ne faut pas vous tourmenter : le capitaine Cates n'était pas homme à se donner la mort, n'est-ce pas ?

— Jamais il n'aurait fait une chose pareille !

— Bien !... D'autre part, il n'y a apparemment aucune raison pour qu'un homme vivant au sein de sa famille et choyé par tous soit victime d'un empoisonnement, n'est-il pas vrai ?

— Aucune !

Je me forçais à le regarder droit dans les yeux, car soudain une terrible pensée venait de surgir dans mon esprit... Il n'y avait pas si longtemps de cela, j'avais éprouvé une violente colère à l'égard de Richard, à la suite de laquelle je m'étais crue susceptible de vouloir sa mort ! Mais je n'y avais pas cru moi-même, au fond ! Cela ne signifiait rien ! Mes soupçons avaient pris corps parce qu'il refusait obstinément de prendre au sérieux mon épouvantable aventure et que, témoin de mon trouble, assis en face de moi, il se régalait d'un repas copieux. Même, il s'était fait resservir du pouding !... Mais jamais je n'aurais pu empoisonner Richard ni lui causer le moindre mal !

— Vous avez toute ma sympathie, madame, dit encore le Dr Lovell. C'est une mort aussi tragique que prématurée.

Un brouillard troublait ma vue. C'était une fin prématurée, et je n'avais pas consenti à lui abandonner ce millier de livres qu'il voulait pour partir à la recherche d'un trésor englouti. Mille livres ! Et maintenant il était mort. Mon Dieu, comment pourrai-je vivre sans lui ?

— Nous allons vous laisser, ma chérie, dit Evelyn. Ne vous inquiétez pas, nous allons nous occuper de toutes les formalités.

J'entendis la porte se refermer. Alors je m'effondrai, et pleurai toutes les larmes de mon corps.

J'expédiai deux lettres pour annoncer la mort de Richard, l'une à Jack Combs, l'autre à Sandra, à Dijon, en France. Récemment elle m'avait informée qu'elle séjournerait là-bas, avec ses parents. Ils avaient l'intention de gagner ensuite l'Italie. Sans doute ma lettre leur parviendrait-elle à temps. Je ne savais par contre où joindre Malcolm ; aussi demandai-je à Jack Combs d'entrer en contact avec lui. Je pensai qu'il était de mon devoir d'informer les compagnons de Richard du décès de leur capitaine, quel que fût mon ressentiment à leur égard. Mais je n'avais pas la moindre idée de l'endroit où ils étaient et décidai de faire des recherches dans les papiers personnels de Richard. Ce fut tandis que je les examinais que je tombai sur une lettre qui datait d'avant notre mariage, une lettre inachevée.

Chère Zillah, avait écrit Richard, *je ne sais si j'aurai le courage de vous envoyer ceci. J'ai essayé en vain de disparaître de votre existence, mais je vous aime. Je vous aime et voudrais vous épouser. J'ignore si vous y consentiriez après la honteuse façon dont je me suis comporté envers vous. Pis que cela, je n'ai pas d'argent, et peu d'espoir d'en avoir un jour. Accepteriez-vous d'épouser un si pauvre garçon ? Je voudrais tellement être sûr que cela n'a pas d'importance pour vous, puisque vous avez toujours vécu avec des moyens restreints. Et si nous sommes tous deux pauvres, ainsi nous serons égaux, du moins je le suppose. O Zillah, je n'excelle pas à rédiger des lettres d'amour, je ne sais*

Là, Richard s'était interrompu, mais c'était suffisant. Aussi réellement que s'il avait été là, vivant, devant moi, il venait de me dire qu'il n'avait jamais eu connaissance de l'héritage de ma grand-mère, et que c'était par amour qu'il voulait m'épouser.

Richard fut enseveli à Lyleton, dans le caveau familial. C'était un grand monument recouvert de mousse, dans le petit cimetière envahi par les mauvaises herbes. La cérémonie fut très simple. Y assistèrent Evelyn, Arthur, le Dr Lovell et la petite Rosie qui pleurait à l'arrière-plan.

Quand la dernière pelletée de terre eut été jetée dans la tombe, je levai les yeux et, à mon grand étonnement, je vis Colby. Il portait un uniforme militaire fraîchement repassé, il était rasé de près et soigneusement coiffé. Il paraissait tellement sombre que je ne le reconnus qu'après un bon moment. Lorsque le prêtre se fut retiré, il s'avança.

— J'ai appris la mort du capitaine, dit-il en se passant la main dans les cheveux, et je suis venu vous présenter mes respects.

— Comment l'avez-vous su ? demandai-je en l'observant d'un air méfiant à travers mon épaisse voilette noire.

— Les hommes qui livrent la bière au *Yoke and Ox* servent aussi le *Pendulum* ; ce sont eux qui ont transmis l'information.

— Le *Pendulum* ?

— C'est un *pub* qui se trouve à quelques kilomètres de Lyleton. J'y donne un « coup de main »...

— Et les autres ?

— Ils sont tous à Londres, madame. Ils y sont allés immédiatement après... après... Je veux dire que nous étions désolés de nous être conduits comme nous l'avons fait, mais les cartes, voyez-vous, c'est comme la boisson.

C'était pour moi une autre surprise ! Colby me présentait des excuses.

— Et ils ne sont jamais revenus ?

— Non, madame. Ils avaient honte d'avoir gagné tout cet argent, mais c'était la règle... Ce qu'on a gagné, on le prend... Le capitaine lui-même le disait.

— Oui, bien sûr. C'était un homme loyal.

— Oh oui ! (Colby essuya furtivement ce qui me parut être une larme.) Nous l'aimions tous... J'espère que vous n'avez pas de ressentiment contre nous ?

— Non... Plus maintenant, en tout cas.

Certaines questions me brûlaient la langue, mais je ne savais comment les aborder. Je m'humectai les lèvres.

— Colby..., vous rappelez-vous cette scène que je vous ai faite une nuit, en jetant sur la table un drap gris ?

Sa pomme d'Adam remua ; je compris qu'il était embarrassé.

— Oui, madame.

— Est-ce que l'un de vous, par hasard, s'en serait drapé, pour plaisanter, pour me faire peur ?... Je vous assure que je ne suis plus en colère ! Je voudrais simplement connaître la vérité.

— Mais, non, madame ! répliqua-t-il sur un ton qui me fit croire à sa sincérité. Pourquoi aurions-nous voulu vous faire peur ?

Je n'avais rien à répondre à cela. Sans doute les avais-je mésestimés, tous, aussi bien Richard que ses compagnons.

Quelques jours après les funérailles, je reçus une lettre de Jack Combs. Il s'excusait de n'avoir pu venir pour me réconforter en cette douloureuse circonstance, mais Mary Combs était souffrante. *Rien de grave,* précisait-il, *simplement quelques désagréments dus à l'âge.* Ainsi que je le lui avais demandé, il avait écrit à Malcolm, à Londres, et il voulait savoir quelles étaient mes intentions. Je répondis en lui disant que j'avais résolu de partir pour le continent, pour y rejoindre Sandra et ses parents. En réalité, cette perspective ne me séduisait qu'à demi, je n'avais envie de rien et l'avenir m'apparaissait vide. En moins d'un an, j'avais perdu ma grand-mère et mon mari, deux morts qui m'avaient laissé chaque fois, non seulement la douleur d'une disparition définitive, mais aussi le sentiment d'une certaine culpabilité.

En attendant mon hypothétique départ et afin de ne pas sombrer dans un désespoir absolu, je me livrai frénétiquement à des tâches ménagères.

CHAPITRE XI

Un après-midi, huit jours après les funérailles, je décidai de procéder au ménage complet de ma chambre. C'était en principe l'affaire de Rosie, mais elle avait été occupée à tant de choses qu'elle n'avait pu faire qu'un travail superficiel. Je commençai par balayer le parquet, soulevant des nuages de poussière. Le lit était trop lourd à tirer, aussi m'agenouillai-je et enfonçai-je une brosse pourvue d'un long manche sous le lit. J'aperçus, dans une forêt grise et duveteuse de flocons, une tasse, que j'attirai. C'était la même que celle dans laquelle Richard avait bu la nuit où il était tombé si gravement malade. Il avait dû la renverser lorsqu'il s'était relevé pour se diriger en vacillant vers la cuvette, et par la suite, peut-être lors de ma lutte avec Arthur, je l'avais envoyée là-dessous d'un coup de pied. Elle était poisseuse, il s'était formé une lie au fond, dont l'odeur me parut vaguement familière. Assise sur les talons, je tenais la tasse entre les doigts, et ma perplexité augmentait. Je sentis de nouveau, et ce fut une révélation : cette odeur, si ténue fût-elle, était la même que celle de la mort-aux-rats achetée chez le pharmacien de Lyleton !... Je me relevai avec une extrême lenteur. Une multitude de pensées, d'images et d'émotions m'assaillait ; j'étais pantelante. Le Dr Lovell ne s'était pas trompé la première fois, il avait établi un diagnostic exact et aucun doute n'était permis à cet égard, j'en tenais la preuve irréfutable. Richard avait été empoisonné !... Mais par qui ? et pourquoi ?... Peut-être avait-il également absorbé une dose de poison lorsqu'il avait eu son premier accès de fièvre ? Mais elle aurait été insuffisante pour le tuer. Je me souvins d'avoir quitté la table en colère ce soir-là, d'être montée à la chambre et d'avoir poussé un fauteuil contre la porte. Une heure, peut-être moins, s'était écoulée avant que Richard ne me rejoignît. Il avait été si malade ! Je revoyais son visage livide... Sans aucun doute, il avait absorbé de l'arsenic au cours de son repas ! Mais Arthur, Evelyn, et moi-même avions participé à ce dîner. Or, aucun de nous n'avait ressenti les effets d'une intoxication. Je fermai les yeux, tentai de me remémorer chaque détail de cette scène : Rosie avait aidé Evelyn à dresser les plats, à porter la soupière sur la table. Rosie ?... Je savais qu'elle m'adorait, qu'elle était envers moi d'une grande loyauté, mais j'ignorais ce qu'elle éprouvait à l'égard de Richard. Peut-être avait-elle surpris notre querelle ? « Vous voulez me tuer... pour mon argent ! » Peut-être s'était-elle dit que Richard me menaçait vraiment et avait-elle décidé de le supprimer ?... Oh non ! Rosie n'avait pas une once de méchanceté dans le cœur ! Elle n'avait rien d'une meurtrière !

Qui se trouvait ce soir-là à la cuisine, quand j'avais préparé le thé ?... Rosie, Arthur et Evelyn, les mêmes qui étaient présents au dîner. Je me remémorai le déroulement du repas... Nous avions eu du poisson bouilli et des œufs à la neige, le tout arrosé d'un verre de bière, et le thé. Soudain, je ressentis un choc : le thé avait été préparé à mon intention ! Oui, oui, bien sûr !... Je me mis à arpenter la pièce en tous sens, dans un état d'agitation indescriptible. Le thé avait été empoisonné pour m'atteindre !... Personne à la cuisine ne pouvait savoir que Richard en réclamerait... Et c'était immédiatement après en avoir bu qu'il avait ressenti les premiers malaises. De nouveau, je revins au dîner, dans la cuisine. Qu'est-ce que Richard avait mangé, dont je n'avais pas pris ? Cette fois, il s'agissait du soir où pour la première fois il avait été malade. Le pouding au rhum !... Ce soir-là, si j'avais achevé mon repas comme j'étais supposée le faire, j'en serais morte !... Richard avait été tué par erreur !

Je m'assis, grelottant, les genoux tremblants. Une fois encore, ma pensée effleurait une éventualité : la culpabilité de Rosie... Elle avait pu me mentir au sujet de sa fugue. En réalité, son père l'avait obligée à retourner à *Wuthersfield* pour exécuter la « sorcière »... Non, c'était monstrueux ! Et du reste, elle eût été incapable de participer à une telle machination : elle était trop simple, trop droite. Par ailleurs, je devais bien admettre que ce dernier attentat se rattachait aux précédents, qui tous avaient été dirigés contre moi ; or ceux-là avaient précédé la rumeur qui avait établi ma réputation de « sorcière ». Peu à peu, le cercle des suspects se réduisait ; il ne comprenait plus maintenant que deux personnes : Evelyn et Arthur...

On frappa à la porte, ce qui m'arracha à mes

réflexions. C'était précisément Evelyn. Quand elle m'apparut, je la considérai comme si je la voyais pour la première fois.

— Que faites-vous donc ? demanda-t-elle en désignant la tasse que je tenais. Vous lisez dans les feuilles de thé votre avenir ?

— Peut-être, répliquai-je.

— Et qu'y voyez-vous ? demanda-t-elle encore en souriant.

— Je ne sais trop encore ! dis-je.

Mais qui donc avait servi le pouding ? C'était elle, je m'en souvenais à présent ! Elle était si fière de son œuvre !

— Je ne me fie guère aux feuilles de thé pour essayer de déchiffrer l'avenir, dit-elle, pas plus qu'aux boules de cristal ou aux astres. Et vous ?

— Pourtant, c'est quelquefois très édifiant, répondis-je, les yeux fixés sur la tasse.

Je m'en souvenais parfaitement à présent : Richard avait mangé un morceau de la part de pouding dont je n'avais pas voulu et Evelyn lui avait pour ainsi dire arraché l'assiette des mains. Sur le moment, je n'avais prêté aucune attention à la scène...

— Alors, que voyez-vous, ma chérie ?

Evelyn avait pris place en face de moi.

— Je ne vois pas l'avenir, mais le passé. Et, tout simplement, c'est une histoire de pouding qui m'intrigue...

Elle se mit à rire.

— Oh ! Zillah, si vous avez envie de pouding au rhum, dites-le-moi !

— Mais, voyez-vous, Evelyn, — je la regardai bien en face — il s'agit d'un pouding très particulier : on peut le confectionner avec du rhum, de la crème fouettée ou des marrons, mais, de toute manière, on y ajoute une... pincée de mort-aux-rats..., d'arsenic, pour être plus précise...

Elle pâlit, ses yeux s'étrécirent, et elle eut réellement l'air d'un renard ébloui par la lumière. Son sourire était resté sur ses lèvres.

Elle demanda néanmoins d'un ton calme :

— Que voulez-vous dire ?

— Que je n'aime pas plus que Richard ne l'aimait ce genre de gâteau. Mais, hélas ! comment aurait-il pu se douter de ce qui entrait dans sa composition ?...

— Vous êtes folle ! s'écria-t-elle en se levant d'un bond.

— Je ne crois pas... Le thé était accommodé de la même manière... Le thé que j'aurais dû boire...

— Vous êtes folle ! répéta Evelyn d'une voix suraiguë.

— Sentez-donc ceci !

Je lui mis la tasse sous le nez.

Elle commença, l'air stupéfait :

— Mais... Rosie...

Puis elle se mordit les lèvres.

— Eh oui ! Rosie a remporté le plateau ! Elle aurait dû en principe laver tout ce qui se trouvait dessus ; seulement, dans son émoi, elle ne s'est pas aperçue qu'une tasse manquait... Elle avait roulé sous le lit... Si vous vous chargiez en personne, de temps à autre, des travaux du ménage, c'est là un détail qui ne vous aurait pas échappé, à vous !... Est-ce que je me trompe ?

Elle garda le silence, ses yeux brun-jaune fixés sur moi, impavide.

— J'ai raison, n'est-ce pas ?

Finalement elle déclara :

— Oui ! Et je regrette que Richard ait payé à votre place !

Je ne doutais plus de la culpabilité d'Evelyn, mais j'étais abasourdie par cette confession audacieuse et spontanée.

Ce fut elle qui rompit le silence :

— Et maintenant, si vous vouliez me donner la tasse...

— Je regrette, dis-je en la mettant derrière mon dos. Vous avez essayé de me tuer, non seulement par le poison, mais aussi en me poussant dans l'escalier de la galerie !

— Ah ! cela non ! Je ne puis endosser le rôle du bourreau : c'était une idée d'Arthur.

Oui, pour ces misérables, toute cette tragédie n'avait été qu'un jeu ; il avait été facile à Arthur d'utiliser les deux escaliers d'accès à la galerie, il avait dû s'esquiver lors d'une partie de cartes, au moment qu'il avait choisi, sans que personne ne s'en étonnât, du fait qu'il jouait rarement.

— Mais pourquoi ? Pourquoi ? Que vous avais-je donc fait, à vous et à Arthur ?

Evelyn se détourna, se dirigea vers la porte. Je la devançai et lui barrai le passage.

— Non, pas si vite !... Vous admettez sans sourciller que vous avez tué un homme par erreur, vous avouez ensuite que j'étais la victime désignée, et vous pensez pouvoir vous en aller ainsi, sans autre explication ?...

— Vous ne nous avez rien fait, Zillah, dit-elle enfin d'un air las, c'était simplement parce que... c'était vous.

— Quoi ? Penseriez-vous vraiment que je sois une sorcière ? C'est cela ? (Elle esquissa une moue de commisération.) Mais quoi ? Parlez ! (Une idée me traversa l'esprit.) Etait-ce à cause de Richard ?... Vous étiez amoureuse de lui, et vous vouliez vous débarrasser de moi ?

Cette fois elle éclata d'un rire rauque.

— Vous êtes encore plus sotte que je ne l'imaginais ! s'écria-t-elle. Comme si j'avais pu brûler d'amour pour Richard !... Cet ivrogne ! ce fanfaron !...

Je me sentis devenir écarlate d'indignation.

— De son vivant, vous paraissiez l'apprécier ?

— Vous avez raison : on ne mord pas la main qui vous nourrit, n'est-ce pas ? Allez-vous me laisser passer à présent ?

J'ouvris la bouche pour protester, mais au même moment on frappa à la porte et la voix d'Arthur nous parvint :

— Evelyn !

Je fis un pas de côté, ouvris la porte.

— Entrez donc, monsieur le bourreau...

Il resta bouche bée de stupéfaction, jeta un coup d'œil furtif sur sa femme.

— Nous étions justement en train d'évoquer un certain empoisonnement. Voulez-vous vous joindre à nous ?... Evelyn m'a tout avoué.

Il pénétra dans la chambre d'un air hésitant.

— C'était moi que l'on cherchait à atteindre... Par malheur, Evelyn a assassiné Richard à ma place. Mais, bien sûr, je ne vous apprends rien ?

Quand je songe, aujourd'hui, à cette dramatique entrevue, j'ai du mal à comprendre pourquoi je n'avais pas peur et comment je pouvais leur opposer une telle assurance, car j'étais seule avec eux, et ils avaient juré ma mort. Sans doute la colère, la douleur d'avoir perdu Richard, m'aveuglaient-elles au point de me dissimuler le danger.

— Elle a découvert la tasse et elle a tout deviné, dit Evelyn.

Arthur ricana, me dévisagea.

— Oui, j'ai deviné. Je sais que vous aviez fait preuve d'une certaine ingéniosité en empruntant l'uniforme de Richard. Comme vous aviez l'air tranquille, quand, après m'avoir devancée à toute allure, vous vous êtes trouvé au manoir, devant le feu, en train de casser des noix, à mon retour !

Il sembla perdre de son arrogance et dit d'une voix tremblante :

— Zillah, écoutez, je ne voulais pas...

Evelyn intervint sèchement :

— Assez ! Arthur, veux-tu me suivre ? J'ai besoin de toi à la cuisine.

— Pour préparer le dîner, sans doute ? fis-je d'un air sarcastique. Surtout n'oubliez pas le poison ! Mais... je ne pense pas vous laisser la moindre chance d'utiliser cette manière ou une autre de me supprimer : je pars pour Lyleton informer le docteur Lovell de ce qui s'est passé à *Wuthersfield !*

— Inutile d'aller à Lyleton ! Le docteur Lovell est notre hôte à dîner ce soir, et vous pourrez tout lui raconter...

Stupéfaite, je les vis sortir de la chambre.

Pensaient-ils ne pas être inquiétés dans cette affaire ? Naturellement, Evelyn pourrait toujours... me traiter de menteuse, tout nier, mais il y avait la tasse et elle était en ma possession. Je l'enveloppai soigneusement dans un mouchoir et la dissimulai sous une pile de linge. C'était là une pièce à conviction sérieuse, une preuve flagrante, pensais-je. Je la montrerais au médecin, lui expliquerais que Richard y avait bu du thé ; alors il s'apercevrait que son premier diagnostic avait été le bon. Jusque-là, tout paraissait fort simple. Mais comment prouver qu'Evelyn souhaitait en fait m'atteindre, et qu'Arthur avait déjà tenté de me tuer ? Non seulement je n'avais que ma parole contre la leur, mais de plus il m'était impossible de trouver des motifs logiques à leurs manœuvres criminelles.

Je m'assis sur le bord de la fenêtre et plongeai pensivement mon regard dans le jardin laissé à l'abandon, jonché de feuilles d'automne. Dans un coin abrité, des asters pourpres et blancs s'attardaient à fleurir ; je les contemplai distraitement tandis que mon esprit se perdait dans un tortueux labyrinthe de spéculations. Pourquoi, ne cessais-je de me demander, Evelyn et Arthur étaient-ils restés presque indifférents sous mes accusations ? « Le docteur Lovell viendra... Vous pourrez lui dire... » Et tout à coup je compris !... La réponse n'était que trop évidente : c'était moi que tout accusait dans la mort par empoisonnement de mon mari ; c'était moi, la coupable toute désignée !... Moi qui m'étais procuré l'arsenic, la mort-aux-rats, et le pharmacien ne l'avait certes pas oublié, ainsi que les deux clients qui se trouvaient dans sa boutique pendant qu'il préparait mon paquet. Le voisinage entier devait savoir que la « sorcière de la lande » avait acheté du poison chez George Trundle. Enfin, n'était-ce pas moi, encore, qui avais servi à Richard cette fatale tasse de thé ?... Il suffirait à Evelyn et à Arthur de dire ce qui était malheureusement vrai : mon mari et moi avions eu plusieurs différends, nous nous étions souvent disputés, avec violence même, il avait perdu une grosse somme d'argent au jeu, ce qui avait déclenché ma fureur, si bien que... j'avais pu concevoir le désir de le supprimer...

Ah ! Evelyn pouvait être tranquille, en effet !

Je m'éloignai de la fenêtre, accablée. L'idée me vint de me taire, mais je la repoussai aussitôt. C'eût été une lâcheté, je ne pouvais garder le silence, la mort impunie de Richard me tourmenterait le restant de mes jours. Puis je me dis que peut-être ma situation n'était pas si désespérée, Malcolm et Jack Combs prendraient ma défense, Rosie pourrait dire que j'avais fidèlement assisté Richard durant sa maladie, que je lui avais prodigué mes soins et qu'il était sur le point de se rétablir. Aurais-je agi de la sorte si j'avais voulu le supprimer ?... Toutefois, la perspective de me trouver au banc des accusés, point de mire des regards curieux et hostiles, me paraissait intolérable, mais c'était le seul moyen de prouver mon innocence et de remettre Evelyn et Arthur entre les mains de la Justice.

Rosie vint me demander si je ne voulais pas descendre. Je lui répondis par une question :

— Est-ce que le docteur Lovell est là ?

— Oui, m'dam', il est arrivé il y a quelques minutes ; il est dans la bibliothèque en train de déguster du whisky avec madame Evelyn et monsieur Arthur.

Mon sang ne fit qu'un tour ! Auraient-ils projeté d'empoisonner le médecin ? et moi-même par la même occasion ? Ainsi ils élimineraient tout danger de manière définitive...

Rosie insista :

— Qu'est-ce qu'il faut que je leur dise, m'dam' ?

Mille pensées tournoyaient dans mon cerveau affolé. Non ! non ! ce n'était pas possible ! La mort du Dr Lovell serait suspecte... Je pris brusquement la décision de descendre.

Ce dîner fut le plus insolite de ma vie. A ma droite, Evelyn, parfaite maîtresse de maison, dirigeait le service que Rosie, sanglée dans une blouse blanche, effectuait sans une faute. Arthur découpait tranquillement une côte de bœuf, le Dr Lovell nous régalait d'anecdotes locales. Il n'était question ni de mort ni de poison, et cependant c'était, j'en étais certaine, de telles pensées qui hantaient l'esprit d'Evelyn, d'Arthur, sans parler du mien. Nous en étions au dessert et je me demandais comment avoir un entretien en particulier avec le médecin. Ce fut lui qui vint à mon secours :

— Je crois que vous aviez quelque chose à me dire ?

J'approuvai de la tête, incapable de parler, et il s'excusa auprès d'Evelyn et d'Arthur, leur demandant de nous permettre de nous entretenir dans la bibliothèque. Ils acquiescèrent, sans la moindre inquiétude en apparence.

Quand nous eûmes refermé la porte de la bibliothèque, le Dr Lovell alla tendre ses mains au-dessus du feu puis il se mit à me raconter l'interminable histoire de ses débuts à Lyleton.

Je finis par l'interrompre avec impatience.

— Docteur Lovell, dis-je abruptement, vous aviez établi un premier diagnostic en ce qui concernait mon mari et il était exact : Richard est mort empoisonné. (Le médecin haussa les sourcils et me dévisagea.) J'ai retrouvé la tasse avec laquelle il avait bu ; il y restait un dépôt, d'où se dégageait l'odeur caractéristique de la mort-aux-rats, de l'arsenic... Je vais vous la chercher, je l'ai mise de côté.

— Je sais, fit-il en présentant cette fois son dos au feu. J'avais décelé des traces d'empoisonnement...

— Vous saviez ! m'écriai-je, stupéfaite.

— Oui, naturellement. Mais je... j'espérais qu'il ne serait pas nécessaire d'en parler... Vous aviez déjà subi un choc très grave... Enfin, puisque vous semblez désireuse d'éclaircir cette quesion, je dois bien vous avouer que ce pauvre capitaine Cates a volontairement absorbé le poison...

— Richard ? Mais, docteur, vous avez vous-même reconnu qu'il n'était pas homme à faire pareille chose ! Vous...

— C'est exact, chère madame ! Toutefois, je ne l'avais dit que dans le but de vous ménager. Vous êtes une jeune femme fort émotive, je ne voulais pas être responsable d'une nouvelle crise. Aussi ai-je quelque peu déformé la vérité...

— Il ne s'est pas suicidé, on l'a empoisonné ! criai-je.

— Hélas non, madame ! Et j'ai appris que tout a concouru à cette fatale issue. Son cousin m'a fait entrevoir l'état de déchéance dans lequel il était tombé. Il avait perdu au jeu, non seulement ses biens, en totalité, mais également le montant de votre pension qui s'élevait, je crois, à cinq cents livres... (J'acquiesçai d'un signe de tête.) Cela couvait depuis quelque temps, voyez-vous ; il avait parlé devant Arthur Cates de « se détruire » ; il a même assuré que, s'il venait à disparaître, vous seriez enfin débarrassé d'un mauvais sujet qui...

— Docteur Lovell, écoutez-moi ! hurlai-je.

Le médecin eut un mouvement de recul.

— Oh ! inutile de crier comme ça, chère madame !...

— Ecoutez-moi ! Richard n'a pas « pu » s'empoisonner, je le sais !... Je l'ai vu boire son thé, j'étais là...

Il leva la main.

— Oui, je sais. Mais ce sont des illusions ! Madames Cates m'a bien dit que vous refuseriez de regarder la réalité en face.

J'aurais dû me méfier davantage d'Evelyn ! Ainsi, elle avait déjà « manœuvré » le Dr Lovell.

Je m'obstinais pourtant, les lèvres sèches :

— Docteur, « ils » ont essayé de me supprimer... Dès le début, c'était ma mort qu'ils voulaient... C'est par erreur...

— Voyons, chère petite madame, je pense que vous n'êtes pas en état de juger sereinement. Vous avez subi un choc terrible qui vous a quelque peu perturbé. J'ai par ailleurs entendu dire que vous auriez été le témoin de... d'apparitions. Je tiens pour certain que la plupart des praticiens se borneraient à abonder dans votre sens, à flatter votre... manie, mais pour ma part je crois plus efficace de faire reconnaître à un patient atteint de ce genre de... troubles ses erreurs, en lui démontrant combien celles-ci sont éloignées de la réalité. Voyez-vous, vos parents vous ont en grande affection, ils déplorent cet état de choses, ils sont même inquiets.

« Patience, leur ai-je dit, le temps résoudra les problèmes... »

Le temps !... Sa voix bourdonnait à mes oreilles, un sentiment de rage impuissante m'étouffait. Ainsi, c'était « eux » qu'il croyait, et il pensait que j'étais à peu près folle... Ah ! ils avaient bien su le « conditionner », ce médecin de village vaniteux !

Tandis que le médecin parlait, je me demandais pour quelle raison Evelyn avait pris une telle peine pour le persuader que Richard s'était suicidé. N'aurait-elle pu pointer sur moi un doigt accusateur ?

Je choisis mes mots, puis demandai :

— Docteur Lovell, le suicide a-t-il été consigné dans le permis d'inhumer ?

— Non ! non ! Cela aurait provoqué toutes sortes de désagréments, un scandale pour tout dire. C'eût été apporter du blé au moulin de la médisance, le prêtre eût refusé la sépulture chrétienne au capitaine Cates, et cette honte eût rejailli sur vous.

— Et vous ne vous reprochez pas d'avoir apposé votre signature sur une faux certificat ?

— Ce sont des choses qui arrivent fréquemment, vous savez...

Je fis une dernière tentative, je plantai mes yeux bien droit dans les siens et articulai avec calme :

— Docteur Lovell, je ne suis pas hystérique et encore moins folle. Je n'imagine rien, je sais ! Mon mari a été assassiné, et ma propre vie est sans doute en danger.

Une expression de vif regret se peignit sur son visage.

— Eh bien, chère madame, murmura-t-il, je pense qu'un peu de repos, un bon sédatif...

Il fit un mouvement pour s'écarter et à cet instant Evelyn entra, portant un plateau chargé de verres et de deux bouteilles de porto. Arthur la suivait.

— Je pensais que votre petit conciliabule avait assez duré, dit Evelyn en souriant. Vous devez avoir soif ?

CHAPITRE XII

Le Dr Lovell était reparti, deux bonnes bouteilles de vin sous chaque bras, plein de sympathie pour Evelyn et Arthur Cates et convaincu que j'étais atteinte de la manie de la persécution. J'étais effondrée, mais je bravai Evelyn.

— N'espérez pas que je vais garder le silence sur tout ce qui se trame ici ! m'écriai-je. Puisque vous avez mystifié le médecin, j'irai me plaindre à la police !

Arthur trépigna et dit d'un ton agacé :

— Jamais tu n'aurais dû entreprendre une chose pareille, Evelyn !

Elle haussa les épaules et répliqua, un sourire narquois sur les lèvres :

— Elle peut dire tout ce qu'elle voudra ! Tant qu'elle n'atteindra pas Lyleton...

Même alors, sotte que j'étais, je ne réalisais pas l'importance du danger.

— Vous ne pourrez pas m'empêcher d'y aller ! m'écriai-je.

Evelyn me traita de « niaise », ricana.

Je perdis alors le contrôle de moi-même : je me

jetai sur elle, et la frappai avec violence au visage. Ses yeux s'étrécirent encore.

Arthur me prit par le bras, me le tordit derrière le dos, m'arrachant un cri de douleur.

— En voilà une façon de traiter une personne plus âgée que vous, qui de surcroît est votre tante !

— Ma tante !... Cette femme n'est pas ma tante !

— C'est pure vérité cependant.

C'est Evelyn qui avait parlé et son sourire était empreint à présent d'une terrible cruauté.

— Savez-vous quel était mon nom de jeune fille ?... Beckwitt. Ma sœur aînée — votre mère je présume — s'appelait Winifred.

Je la fixai, incrédule. Des pensées, des questions, tourbillonnaient dans ma tête, me donnant le vertige.

— Commencez-vous à comprendre ? ajouta Evelyn. Non, bien sûr... Vous ne m'avez rien fait, c'est seulement parce que c'était vous...

Elle m'avait déjà dit cela, mais que signifiaient ces paroles ? Qui étais-je en réalité ? Je n'avais jamais connu ma mère, je ne l'avais jamais vue. Et cette femme, cette Evelyn, serait sa sœur ?...

Je murmurai, anéantie :

— Mais, puisque je suis votre nièce, pourquoi donc me haïssez-vous à ce point ?

— Oh ! c'est simple ! Vous, Zillah, — elle appuya son doigt pointu sur ma poitrine — vous vous trouvez en travers de mon chemin, un chemin qui conduit à un héritage légitime ! Et c'est pour cette seule raison que vous allez mourir...

Elle me regardait fixement, les pupilles dilatées

par la haine ; une grimace déformait sa bouche. La terreur m'envahissait.

— Un... un héritage ? Vous voulez dire *Wuthersfield ?*

— *Wuthersfield,* cette ruine ! Mais non, je parle d'un héritage venant de « ma » famille.

— La nôtre, par conséqent ? Mais mon père et ma mère sont morts sans me laisser un sou ! Nous étions pauvres...

— En êtes-vous sûre ?

Elle semblait si sûre d'elle que le doute me gagna. Que savais-je de ma mère, en réalité ? Les quelques questions que j'avais posées à son sujet, ma grand-mère les avait habilement éludées, et Jack Combs, de son côté, ne m'avait pas dit grand chose au sujet des Beckwitt.

— Pourquoi ne pas avoir dit plus tôt que vous étiez ma tante ?

— La raison pour laquelle je ne désirais pas que vous le sachiez est évidente. (Elle se rapprocha de moi, croisa les bras et me dévisagea.) Avant que je n'épouse Arthur, je m'appelais madame Rycroft — c'était exact, elle avait été veuve... — et il ignorait que j'étais la sœur de Winifred Beckwitt. Richard l'ignorait également.

J'interrompis vivement :

— Mais, de toute façon, mon héritage provient de ma grand-mère paternelle, non de ma mère !

— Ainsi, personne ne vous a dit qu'en fait vous étiez la légataire universelle des biens de mon propre père ?

— Non, jamais !

Je me souvenais des paroles de Mary Combs à ce propos : Jack Combs avait eu avec lui, vers les dernières années de sa vie, une altercation. De son côté, grand-mère ayant préféré vivre à l'écart des gens de Byrnne et des environs, j'ignorais à peu près tout de ma famille.

Evelyn expliqua :

— L'exécuteur testamentaire a dû juger qu'il avait bien le temps d'éclaircir les choses vis-à-vis de vous. Mais si je n'étais pas absolument certaine de ce que je vous affirme, croyez-vous que je courrais des risques pareils ? C'est même avec cette amère certitude que je vis depuis longtemps ! Mon père a laissé la majeure partie de son avoir à Winifred, sa fille préférée... Oh ! elle cessa de l'être, lorsqu'elle s'enfuit pour épouser cet ivrogne, votre père !... Il fut alors fort déçu, et c'est moi qui devins sa favorite ! Tout ce qu'il possédait, tout, me disais-je, serait un jour à moi... Mais il mourut avant d'avoir pu modifier son testament. Et c'est vous, vous la sorcière, qui alliez hériter de cette fortune, le jour de vos vingt et un ans, puisque Winifred était morte !

Ses yeux étroits luisaient de haine à la lumière de la lampe.

Je balbutiai :

— Mais... comment saviez-vous qui j'étais..., qui était ma mère ? Je ne me souviens pas d'avoir jamais parlé d'elle devant vous, ni même devant Richard...

— Depuis des années, je vous connais et je sais tout ce qui vous concerne... Depuis que vous êtes née, puis-je affirmer. Mon premier mari vivait à cette époque, et, lorsque votre mère mourut, j'allai trouver votre père pour lui proposer de vous élever mais il refusa.

Un frisson d'épouvante me parcourut tout entière... Ainsi je n'étais qu'un bébé que déjà cette femme avait l'idée de s'emparer de moi, pour me tuer, comme on supprime un insecte, négligemment, en marchant dessus... Mais mon père, mon « ivrogne » de père qui devait mourir dans quelque taverne et auquel je n'avais jamais pensé qu'avec un sentiment de honte, avait eu l'intuition que cette femme, qui s'offrait à s'occuper de moi, avait en elle quelque chose de diabolique ! Il m'avait aimée suffisamment pour ce faire. Et il avait décidé de me confier à sa mère parce qu'il savait qu'elle seule me tendrait des bras maternels... Ma gorge se noua.

Evelyn continua :

— Je pensais souvent à vous, je vous imaginais toujours solitaire sur la lande avec votre grand-mère et... Enfin, peu importe, fit-elle en se mordant la lèvre.

Un terrible soupçon naquit dans mon esprit. Je me penchai vers elle et d'une voix frémissante demandai :

— Evelyn, auriez-vous par hasard payé quelqu'un pour mettre le feu à notre petite maison isolée ?... (Arthur toussota ; je me tournai vers lui.) A moins que ce ne soit tout simplement ce primate qui s'en soit chargé ! A cette époque, il savait tout, n'est-ce pas ?...

L'expression du visage d'Arthur me prouva que j'avais vu juste. En un éclair, je revécus le cauchemar au cours duquel j'avais vu le visage de grand-mère au milieu des flammes. Mon esprit se troubla et de nouveau je me jetai sur Evelyn pour la frapper. Arthur me retint à temps et souffla :

— Quel démon !

— Vous l'avez tuée ! Vous l'avez tuée !

Je sanglotais à présent.

— Bien inutilement d'ailleurs, dit Evelyn avec un sourire plus cynique encore, puisque vous n'étiez pas dans la maison, fait que j'ignorais. Par la suite, je pus à peine croire à ma chance quand j'appris que vous alliez épouser Richard, et que vous aviez l'intention de venir vivre à *Wuthersfield*. Grâce à Arthur, il nous fut facile de nous faire inviter à un séjour aussi long que nous le voudrions.

— Ah oui ! criai-je en me débattant, cela vous fut facile !... Mais si j'étais morte, à la place de Richard, vous ne seriez probablement pas là, à vous vanter devant lui de la réussite de vos plans !

— Oh ! nous aurions persuadé le docteur Lovell d'entrer dans nos vues !...

Le Dr Lovell ?... Je cessai de me débattre entre les bras d'Arthur : je voulais tout savoir.

— Et... comment l'auriez-vous persuadé ? demandai-je avec autant de calme que je pus. En lui offrant quelques bouteilles de porto ?

Ce fut Arthur qui répondit :

— Pas avec du porto mais avec six cents livres... Vous vous rendez-vous compte ?... Evelyn lui a promis six cents livres, alors qu'elle aurait pu le soudoyer avec trois cents livres seulement !

— N'avez-vous donc pas de conscience ? m'écriai-je.

Cette fois, ce fut Evelyn qui répliqua :

— Ma chère, j'ai vécu trop longtemps avec des jupons reprisés et des robes de pacotille, dans de minables mansardes où se répandait jour après jour l'odeur du chou. J'ai été trop longtemps harcelée par les fournisseurs. Ma conscience est morte, c'est un apanage que je laisse aux imbéciles et aux riches ! Pourquoi continuerais-je à faire des courbettes et à lécher les bottes des autres alors qu'il m'est possible de me procurer de quoi vivre comme une grande dame ?... J'avoue qu'il y a eu un accroc : c'est vous qui auriez dû mourir et non Richard... Un moment j'ai envisagé de vous laisser accuser ; le docteur Lovell m'aurait soutenue. Mais l'affaire eût été portée devant les tribunaux, et on n'aurait pas manqué d'évoquer des questions embarrassantes. Or, parmi vos amis, vous comptez deux hommes de loi, Maître Combs et monsieur Culpepper. Je redoutais leur intervention.

— Vous les connaissez donc ?

— Je sais certaines choses...

— Vous avez ouvert mon courrier ! lançai-je, aveuglée par cette évidence. Peut-être même avez-vous subtilisé des lettres ?

— J'en ai gardé deux, admit-elle avec un geste de désinvolture, émanant, je crois, de monsieur Culpepper.

Ainsi Malcolm m'avait écrit malgré notre querelle. Une force nouvelle s'empara de moi à cette idée.

— Vous ne pourriez me supprimer sans provoquer un étonnement général, et même la parole du docteur Lovell ne satisfairait pas mes amis, soyez-en certaine !

— Je n'ai pas l'intention de vous assassiner..., du moins pas personnellement.

— Arthur, alors, cette brute ?

Evelyn jeta un regard oblique à son mari.

— Oh ! même pas ! Nous n'aurons pas à intervenir directement... Tout ce que je puis vous affirmer, c'est que vous mourrez.

Je lisais dans leur regard ma condamnation à mort, et le pire était que je ne pouvais savoir de quelle façon je finirais... J'avais le cœur au bord des lèvres, des sueurs froides aux tempes, le corps glacé malgré la proximité du feu. Mourir à mon âge... et sans savoir quand, comment et où ! J'eus un sursaut d'énergie, mais je réussis à me taire. Croyaient-ils que j'allais rester là, à *Wuthersfield,* à attendre tout bonnement la fin ?... Sur un signe d'Evelyn, Arthur me lâcha.

Je sortis de la pièce, frissonnante. Je m'attendais à chaque seconde à sentir la poigne d'Arthur sur mon bras, à entendre le rire moqueur d'Evelyn, mais rien de tel n'arriva. Dans le hall, je dus m'appuyer un instant contre le mur pour ne pas trébucher. La vaillance que j'avais retrouvée m'abandonnait subitement. Quel piège m'avait tendu cette affreuse créature, qu'il me serait impossible d'éviter ? Puis j'eus un nouveau sursaut de courage, de clairvoyance : si je me laissais abattre, je serais irrémédiablement perdue ; je devais entreprendre quelque chose, je ne savais trop quoi encore, essayer de me tirer de cette situation...

J'allai chercher une lampe dans ma chambre, et, par l'escalier des communs, je montai chez Rosie. Elle dormait, roulée en boule, la couverture jusqu'aux yeux. Je la secouai doucement, l'appelai, et elle bondit d'abord, effrayée. Mais elle se calma en me voyant dans la faible lumière de la lampe.

— Je suis désolée de t'avoir fait peur, Rosie, mais il faut que tu t'habilles et que tu viennes avec moi.

Elle sortit de son lit sans protester, se vêtit à la hâte.

— Je quitte *Wuthersfield,* dis-je, et je voudrais que tu m'aides à emballer mes affaires...

Rosie s'était renfrognée, mais son visage s'éclaira quand j'eus demandé :

— Aimerais-tu m'accompagner ?

— Volontiers, m'dam'.

— Alors fais vite, prépare-toi, emporte ce que tu veux mais le moins de choses possible.

Dans un châle fané, elle jeta pêle-mêle quelques vêtements de rechange, une paire de chaussures, un peigne, et noua les quatre coins.

— Voilà, m'dam'. Je suis prête...

Nous nous engageâmes dans l'étroit escalier. J'ouvrais la marche avec ma lampe. Au-delà du fragile cercle de lumière, des ombres floues et silencieuses se pressaient, un monde peuplé de dangers dont je ne savais rien. Parvenue dans la galerie je promenai le rayon autour de moi, et j'aperçus un visage qui disparut aussitôt derrière une porte. J'avais eu le temps de reconnaître Arthur. Ainsi, « ils » m'épiaient... Mais cela n'avait rien d'étonnant !

Ma chambre était glaciale, dans le foyer les braises se mouraient. Rosie demanda si elle devait rallumer le feu.

— Non, c'est inutile, dis-je. Je ne vais même pas m'attarder à faire mes bagages.

J'essayais en vain de maîtriser le tremblement de ma voix. Il était évident qu' « ils » n'allaient pas me laisser partir ainsi.

Ma seule chance était donc dans la fuite.

Je mis mon manteau et jetai dans mon sac

l'alliance de Richard, un onyx que lui avait donné son père, une des rares choses qu'il n'avait pas perdue au jeu, puis une broche qui avait appartenu à grand-mère. Enfin, j'allai prendre dans l'armoire une enveloppe contenant quelques économies, que j'avais tenue cachée dans un tiroir. Puis je me rappelai la tasse et décidai de l'emporter également. Au moment d'entraîner Rosie dans cette aventure, je me reprochai mon égoïsme. Sa présence à mes côtés, amicale et fidèle, m'était d'un grand réconfort, mais avais-je le droit de l'exiger ?...

Je lui dis donc fermement :

— Rosie, il faut que je te dise pour quelle raison je dois partir. Monsieur et madame Cates sont... (Je ne savais trop comment accommoder l'horrible vérité ; je décidai de ne pas la déguiser.) Ils ont l'intention de me tuer... (Elle sursauta.) Si tu restais avec moi, tu courrais un grand danger... Sans doute vaudrait-il donc mieux que tu ne viennes pas...

Elle s'écria :

— Je ne veux pas rester sans vous, m'dam' ; emmenez-moi, je vous en supplie !

Je l'embrassai sans répliquer. Elle était blême, mais résolue. Nous devions renoncer à utiliser une lampe ou une bougie qui eussent fait de nous une cible trop visible ; je me contentai de prendre quelques allumettes et les enfouis dans la poche de mon manteau. Nous prîmes les escaliers des communs, mais, aussitôt que nous fûmes engagées, je songeai que les deux issues devaient être gardées, l'une par Arthur, l'autre par Evelyn. Il existait une autre sortie, celle qui de l'extérieur conduisait à la galerie. Evelyn avait-elle prévu cette éventualité ?

A tout hasard, je décidai de continuer notre chemin, et nous ne rencontrâmes aucun obstacle dans notre descente vers la cuisine. De là, nous sortîmes dans la cour et fûmes accueillies par une violente bourrasque. La facilité avec laquelle nous avions pu quitter le manoir me stupéfiait. Cela cachait certainement quelque chose... Nous nous dirigeâmes en vacillant, sous les assauts du vent, vers les écuries, mais ce fut pour découvrir que les chevaux ne s'y trouvaient pas...

— Rosie, nous allons devoir marcher ! annonçai-je.

Les arbres en bordure de l'allée s'agitaient en tous sens, dans une frénétique danse, sous un ciel plombé. Nous avions fait à peine quelques pas en direction de la route de Lyleton, quand ma main se raidit sur le bras de Rosie, et j'eus soudain envie de faire demi-tour : le souvenir du cavalier sans visage me paralysait, et le fait de savoir maintenant qui il était ne me rassura en rien. Il pouvait se tenir caché derrière un arbre... Tout avait été si facile jusque-là !... Mais peut-être aussi Evelyn n'avait-elle pas prévu que je m'enfuirais avant l'aube... Une meilleure voie de salut eût été le sentier à travers les marais, derrière le manoir, mais à cause des fortes pluies des derniers jours nous aurions pu nous enliser... Donc, le seul chemin praticable était celui sur lequel nous nous trouvions.

Nous allions dans l'obscurité, courbées en deux, nous tenant l'une à l'autre, et j'essayais de ne pas penser.

Tout à coup la tempête s'apaisa, un calme surprenant s'établit et dans le silence j'entendis une branche craquer. Je lâchai la main de ma petite compagne, et un instinct, une soudaine intuition du danger imminent, s'empara de moi. Je me penchai, murmurai à son oreille :

— Fuis ! Cours, Rosie ! Il le faut !

Elle m'obéit, prit son élan et disparut dans les ténèbres comme une nouvelle rafale s'élevait. La seconde d'après, quelque chose de rugueux et de lourd tombait sur mes épaules, puis vint encercler ma taille. Un visage d'homme frôla le mien.

— Attrapée, ma belle ! lança Arthur.

Affolée, je criai :

— Lâchez-moi ! Laissez-moi m'en aller, je vous en supplie !

— Bien, pour un baiser, alors ?

Son visage se rapprocha du mien, je sentis son haleine sur mes lèvres. Le dégoût me donna la force de lever le poing et de frapper de toutes mes forces. Arthur siffla de colère, la corde se serra davantage autour de ma taille.

— Ah ! c'est ainsi ?... Voyons ce que l'on peut faire de ce joli minois !

La corde m'entraîna. J'essayai de résister en prenant appui sur mes talons, mais une violente secousse me projeta face contre terre dans la boue du chemin. J'entendis Arthur siffler de nouveau, mais pour appeler son cheval. Je supposai qu'il le montait, je ne voyais rien. Tout à coup je fus entraînée à une allure vertigineuse avant d'avoir pu me relever. En vain je tendais les mains pour me retenir à quelque chose... Je heurtai du menton une grosse pierre, et un goût de sang m'emplit aussitôt la bouche. Je soulevai la tête pour m'agripper à la corde, hurlant de douleur. Le cauchemar continua... J'étais sur le point de perdre connaissance quand la corde se détendit ; je retombai, à bout de forces, brisée.

— En as-tu assez, Zillah ? demanda Arthur, sarcastique.

J'aurais voulu lui hurler ma haine, mais j'étais physiquement incapable de le faire, à présent.

Il m'aida à me relever, dénoua la corde. Je perçus comme dans un rêve la voix d'Evelyn :

— Mais que diable as-tu fait ?

Elle tenait une lampe dont la clarté m'aveugla.

Arthur lui répondit :

— Eh bien, j'ai dû recourir à la force ! Elle ne voulait pas avancer...

— Tu n'es qu'un rustre, Arthur ! Crois-tu que cela aurait servi notre cause si tu l'avais tuée ?

Evelyn me prit par le bras et me ramena vers la maison. Une autre forme d'inquiétude me gagnait : qu'avait-elle voulu dire par-là ? Quel autre sort, tout aussi horrible sans doute, me réservait-on ?

Evelyn me conduisit à ma chambre. J'étais trop affaiblie pour résister...

Elle dit, avec un sourire qui reflétait sa jubilation :

— Je pense que vous avez compris à présent qu'il était inutile de chercher à vous enfuir ? Et n'entretenez pas trop d'illusions au sujet de Combs ! Ce vieux sac d'os ne viendra pas à votre secours... Eh oui ! Jack Combs, à qui vous avez envoyé une lettre où vous évoquiez votre prochain départ...

Je commençais à maudire mon imprévoyance. J'avais dit à Jack Combs que j'envisageais de rejoindre Sandra et ses parents sur le continent, et quand il commencerait à s'inquiéter d'être sans nouvelles de moi, il serait déjà trop tard ! Evelyn avait lu cette lettre avant qu'elle ne fût postée...

— Arthur, l'as-tu trouvée ? demanda Evelyn, à son mari qui était entré et fouillait dans les tiroirs de la coiffeuse.

— Non, pas encore, marmonna-t-il.

Evelyn me regarda encore plus méchamment.

— Où avez-vous caché la tasse ?

— Dans la bibliothèque... Je l'ai cachée derrière des livres... Je ne sais plus lesquels.

Sans doute la trouveraient-ils le lendemain, dans mon sac, mon sac qui était tombé dans le chemin alors que j'essayais d'échapper à Arthur. J'allais gagner quelques heures... Par association d'idées, je pensai à Rosie... En ce moment elle courait dans les ténèbres, se dirigeant vers Lyleton... Arrivée là, une heure plus tard, une heure et demie au plus, elle irait frapper à la porte de l'officier de police. Elle dénoncerait les projets meurtriers des Cates et l'on viendrait aussitôt à mon secours. A cette idée je souris et Evelyn me demanda pourquoi.

Je balbutiai :

— Pour... pour rien.

Elle annonça :

— Bientôt, vous n'aurez plus envie de sourire...

Elle sortit avec Arthur, j'entendis tourner la clé dans la serrure. Je n'avais plus qu'à attendre, sans laisser la crainte me gagner ; Rosie serait « bientôt » de retour, avec des policiers. Ce serait

Evelyn qui n'aurait plus envie de sourire... J'ôtais mes vêtements déchirés, maculés de terre, lorsqu'un léger grattement me parvint en provenance de la penderie. Je retins mon souffle, écoutai. Le grattement se répéta. « Des rats ? » me demandai-je.

CHAPITRE XIII

Sur la pointe des pieds, je me dirigeai vers la penderie, ouvris la porte avec précaution, et... me trouvai en face de Rosie qui fixait sur moi de grands yeux remplis d'épouvante.

— Est-ce qu'ils sont partis, m'dam' ?

J'eus l'impression que les murs de *Wuthersfield* s'effondraient ! Amèrement déçue, je la considérai, et elle dut s'apercevoir que j'étais accablée, car elle demanda :

— J'ai fait quelque chose qu'il ne fallait pas, m'dam' ?

Elle avait déjà les larmes aux yeux et je n'eus pas le courage de lui avouer ma déception.

— Oh non ! dis-je. Mais, pourquoi es-tu là, Rosie ?

— Eh bien, j'ai fait ce que vous m'avez ordonné, m'dam', j'ai couru. Puis, quand monsieur Cates s'est emparé de vous, je me suis précipitée ici et me suis cachée. Je ne pouvais pas vous laisser !

En effet, tout ce qu'elle avait en vue, c'était de ne pas m'abandonner dans le danger, et sa fidélité même causerait sans doute ma perte... Sans rien dire, je lavai mon visage et mes mains meurtris. Rosie m'aida à revêtir ma robe noire, ma robe de deuil qui me rappelait Richard, Richard que j'avais si mal jugé et qui était mort alors que j'étais la victime désignée. Pendant ce temps, je réfléchissais activement. Pouvais-je faire transmettre un message par Rosie ?... Mais par où sortirait-elle ? La porte était fermée à clé, la fenêtre trop haute. Je me mis à errer à travers la pièce, soupesant la moindre des possibilités. Tout à coup je me souvins d'un « détail » : le jour de mon arrivée à *Wuthersfield,* j'avais découvert, par le plus grand des hasards, une ouverture secrète...

Je demandai à Rosie de m'apporter une de mes longues épingles à cheveux.

En me servant adroitement de l'épingle, je parvins à dégager le panneau, découvrant une excavation assez vaste. Je promenai le rayon d'une lampe dans cette excavation. Il y avait là des balais, des plumeaux suspendus à la paroi. Rosie eut une exclamation de surprise.

— Oh ! mais c'est le placard du palier, m'dam' !

— Est-il fermé de l'autre côté ?

— Aucun placard ne l'est, m'dam', ou alors il y a la clé sur la porte... Je comprends : je peux me faufiler par-là.

— Il y a un risque à courir ! Il faudrait que tu ailles chercher de l'aide, Rosie. Mais ce n'est pas une expédition sans danger...

Elle m'interrompit avec vivacité :

— Je m'en doute bien, m'dam' ! Dites-moi seulement ce qu'il faut que je fasse.

J'hésitais encore. Sans moi, Rosie dormirait

dans sa mansarde, inconsciente du drame qui se jouait...

Elle insista :

— Dites vite, m'dam', on n'a pas beaucoup de temps !

— Connais-tu un officier de police à Lyleton ?

— Oui, m'dam', William Thorne.

— Je vais griffonner un mot à son intention, que tu lui remettras.

Je pris dans mon écritoire du papier, une plume, et me mis à rédiger une brève lettre, dans laquelle je me plaignais d'être retenue à *Wuthersfield,* menacée de mort, et le suppliais de venir immédiatement à mon secours. Quand j'eus terminé le message, une pensée terrible me vint : et si William Thorne était à la solde des Cates, comme c'était le cas du Dr Lovell ?... J'en étais au point où je me méfiais de tout, et de tous !

— Rosie, y a-t-il un endroit d'où l'on pourrait expédier un télégramme ? demandai-je.

— Oh oui ! Chez le drapier !

— Mais sa boutique est fermée à cette heure...

— La boutique, oui, m'dam' mais je pourrai toujours le réveiller. John Conner répond à n'importe quelle heure du jour et de la nuit en cas d'urgence. Je le sais parce que j'ai un ami dont le père est mort et qui a dû se servir de ce moyen.

— Parfait, Rosie ! Je te confie deux messages : l'un pour l'officier de police, l'autre pour monsieur Conner.

Le télégramme était plus succinct encore que la lettre. Je l'adressai à Malcom Culpepper avec l'espoir que mon appel lui parviendrait, et je ne doutais pas qu'il vînt en ce cas. Ne me l'avait-il pas promis, et à plusieurs reprises ? Or, Dieu savait si j'avais besoin de lui en ce moment ! Je tendis les messages à Rosie en lui spécifiant que l'enveloppe de couleur rose était pour l'officier et la blanche pour monsieur Conner.

— Tu te souviendras, au moins ?

Rosie avait l'esprit vif mais, hélas ! elle ne savait pas lire. Elle m'assura qu'elle se souviendrait parfaitement de ce que je lui recommandais, et enfouit les deux enveloppes dans la poche de son tablier. Au dernier moment, j'eus un scrupule.

— Rosie, si cette mission t'effraie le moins du monde, tu n'es pas obligée d'essayer de l'accomplir... Si l'on te voyait sortir, tu courrais un danger !

— Je ne dirais pas que je n'ai pas un peu peur, m'dam', mais je suis décidée à y aller tout de même. (Elle pouffa d'un air malin.) Et, pour sortir d'ici, ne vous inquiétez pas ; je connais un endroit que personne ne surveille : le déversoir de l'office, vous savez, par où on jette les ordures... C'est un trou juste assez grand pour que je puisse y passer. Je ferai bien attention de ne pas me salir.

Je l'embrassai, la tins un moment contre moi, puis elle s'esquiva derrière le panneau que je replaçai seulement lorsque j'eus entendu la porte du placard se refermer tout doucement derrière elle. Ensuite, j'allai m'allonger sur le lit. Il était près de minuit, la maison tout entière était plongée dans le silence.

Je me demandais combien de temps je devrais attendre avant qu'on ne vînt me délivrer. Et si

Evelyn, ou Arthur, entraient chez moi avant même que Rosie n'eût pu sortir ?... Je me levai, poussai un fauteuil contre la porte, puisqu'on ne pouvait la fermer à clé. C'était sans doute une mesure de sécurité dérisoire, néanmoins elle me tranquillisa quelque peu. Je pris sur la table de chevet les *Contes de Noël* de Dickens, me mis à lire. J'avais lu ces contes deux fois, et à vrai dire mon esprit ne parvenait pas à se fixer sur le texte, il était avec Rosie en ce moment. Où était-elle ?

Voyons, il serait du devoir du policier d'accourir ! En ce qui concernait Malcolm, je n'avais guère qu'un espoir : il pouvait être absent... Je le revoyais, avec ses cheveux couleur de son, l'expression loyale de son visage et son gentil sourire. Une douloureuse nostalgie m'envahissait. Il était drôle, toujours de bonne humeur et prêt à rendre service. Comme nous étions, alors, heureux et insouciants !

Soudain j'entendis un bruit de pas dans le corridor, mon cœur se mit à sonner comme un battant de cloche, je posai le livre. Pendant quelques instants le silence régna, puis on essaya d'ouvrir la porte.

La voix d'Evelyn s'éleva :

— Zillah, ouvrez immédiatement !

Elle se projeta de tout son poids contre le panneau, qui craqua. Je bondis hors du lit, poussai le fauteuil fermement, le maintint. Mais la porte s'ébranlait sous les secousses, la résistance durerait peu.

— Ouvrez, Zillah ! répéta Evelyn. Je tiens cette souillon de Rosie et si vous ne me laissez pas entrer je l'étrangle !

Malade d'angoisse, j'appelai :

— Rosie !...

— Oui, m'dam' ! fit une voix fluette, tremblotante.

Je déplaçai brusquement le fauteuil et Evelyn fit irruption, poussant la petite devant elle.

D'un ton haletant, elle lança :

— Elle va rester ici, avec vous... Et je vous conseille de ne plus essayer de bloquer cette porte !

Elle disparut, donna de l'extérieur un tour de clé.

— Je suis désolée, m'dam', fit Rosie, prête à pleurer.

— Tu as fait de ton mieux, répliquai-je en entourant de mon bras ses épaules osseuses. Qu'est-il donc arrivé ?

— Ils m'ont attaquée dans l'office. C'est monsieur Cates qui m'a surprise avant que j'aie pu ouvrir le déversoir.

— Mais tu as toujours les messages ?

— Oui, m'dam', et ils ne les ont pas vus.

Voilà du moins qui était rassurant. Evelyn et Arthur ignoraient, d'autre part, l'existence d'un passage dans le mur, je n'allais pas tarder à concevoir un autre plan.

Rosie se pelotonna dans un fauteuil tandis que je m'allongeais de nouveau sur mon lit, plongée dans des réflexions laborieuses. Je la rassurai d'un sourire, lui affirmai que nous nous en sortirions, mais, hélas ! je n'en étais pas convaincue. Je songeai à pousser de nouveau le fauteuil contre la porte malgré l'interdiction d'Evelyn, mais je n'aurais retardé que de quelques minutes la suite des événements...

Quand reviendraient-ils ?... Et reviendraient-ils jamais ?... Peut-être se proposait-on de nous laisser mourir de faim, nous ne possédions aucune réserve et j'avais déjà utilisé pour me laver la moitié de l'eau du broc. Combien de temps pouvait-on résister sans eau et sans nourriture ? Deux jours ? trois jours ? une semaine ?... Puis, je me rappelai l'existence du passage derrière le placard, qui m'assurait une possible communication avec l'extérieur. En désespoir de cause et puisque nous n'aurions plus rien à perdre alors, il nous restait à essayer de sortir par-là. Je m'interdis de réfléchir davantage pour le moment, repris le livre et m'efforçai de lire, mais mes pensées s'évadaient. Bientôt les mots se brouillèrent devant mes yeux, mes paupières devinrent de plus en plus lourdes...

La première chose dont j'eus conscience fut la lumière blafarde du jour tamisée par le rideau de lierre. Ainsi, j'avais pu dormir, toute la nuit !... Un léger bruit me parvint de la cheminée, je vis Rosie devant le foyer qui essayait de ranimer le feu. J'eus un peu honte, mais elle me sourit et me dit :

— Tout va bien, m'dam'. Vous étiez bien fatiguée, il fallait que vous dormiez. Du reste, il ne s'est rien passé.

Je me levai, allai à la fenêtre. Une belle journée commençait, semblait-il. Et moi, j'allais mourir... De quelle manière ?

— Est-ce que monsieur et madame Cates ont

laissé entendre quelque chose à mon sujet ? demandai-je à Rosie.

— Oui... et non, répondit-elle après avoir médité quelques instants. Madame Cates a dit : « Demain, c'est la fête de Guy Fawkes (*)... » Et monsieur Cates a répliqué : « Heureusement ! »

— La fête de Guy Fawkes ? fis-je en haussant les épaules. Mais, cela n'a aucun rapport avec moi !

— Pourtant, j'ai eu l'impression que oui, m'dam', murmura Rosie en hochant la tête.

Pendant l'heure qui suivit, je travaillai à élargir la brèche dans le panneau pour préparer notre passage, à Rosie et à moi.

L'oreille collée contre la porte, elle épiait les moindres bruits, de façon à m'avertir d'un éventuel danger.

Rosie était petite et maigre, elle avait pu passer, mais moi... Le panneau du haut, que je voulais briser, résistait davantage que l'autre et de plus je craignais d'alerter mes geôliers en faisant trop de bruit. Je ne tardai pas à m'apercevoir qu'un mur de briques étayait ce second panneau, et pensai alors qu'il devait s'agir d'une ancienne cheminée. Je m'armai du tisonnier, le seul instrument dont je disposais...

Quand enfin j'eus réussi à arracher la boiserie, je me mis à gratter les moellons pour les desceller.

Rosie finit par se proposer à me relayer, mais

---

* Officier catholique, Guy Fawkes (1570-1606) participa au complot qui visait à faire sauter le Parlement et à tuer le roi Jacques Ier, persécuteur des catholiques et des puritains. Arrêté, torturé, il ne dénonça pas ses complices. Il fut condamné à mort et exécuté.

j'avais presque achevé la besogne. Une fois encore j'attaquai vigoureusement les moellons, et une fine poussière se répandit sur le sol. Une cuillère, restée sur la table de chevet et que Rosie découvrit, m'aida à venir à bout de la première brique. Ces briques étaient très vieilles, et le reste ne tarderait pas à céder. Comme je la dégageai, une fétide odeur me parvint ; je fixai cette étroite ouverture, et une émotion inexplicable s'empara de moi, me glaça jusqu'aux os. En même temps, j'éprouvais un étrange sentiment de tristesse, presque une envie de pleurer. Sans mot dire, je m'acharnai de nouveau avec la cuillère, mais au bout de quelques instants je m'arrêtai, épuisée davantage par l'émotion que j'éprouvais que par les efforts que je déployais. Je me tournai vers Rosie, et dans la pénombre je la vis blême et tremblante.

— As-tu la même impression que moi ?...

Elle hocha la tête affirmativement.

J'épongeai mon front moite avec mon mouchoir. Il y avait quelque chose d'affreux derrière ces briques, quelque chose que j'avais peur de voir, et cependant il fallait que j'allasse jusqu'au bout. Le temps passait, nous n'avions pas d'autre moyen de sortir de cette chambre.

— Je crois, dis-je à Rosie, qu'il y a là-dedans un... un cadavre, et depuis très longtemps... Sans doute celui de celle que l'on appelait la « sorcière de Wuthersfield »...

— Moi, aussi, m'dam', je le crois. Mais, une sorcière...

— Ce n'en était pas une, Rosie, elle était innocente, de même que toutes celles qui à cette époque ont été également accusées de ce genre de crime. Simplement, elles se distinguaient des autres par un don particulier, celui de prévoir l'avenir ou de lire dans les pensées... Les vrais coupables étaient les bourreaux !

Résolument, je me penchai sur la cavité. Tout à coup il me semblait que se détendait l'atmosphère tourmentée qui régnait en ces lieux, et je fus à nouveau capable de me remettre au travail. Je demandai à Rosie une bougie, et bientôt nous pûmes voir que mon intuition ne m'avait pas trompée : la clarté révélait un squelette d'assez petite taille, qui devait être celui de Gwendoline Cates. On prétendait qu'elle s'était suicidée, mais plus vraisemblablement sa famille, redoutant qu'elle ne fût livrée à la populace en colère, l'avait emmurée, pour le repos de son âme et pour éviter la honte. Sans savoir avec exactitude pourquoi Gwendoline était morte, et de quelle façon, je me sentais avec elle de mystérieuses affinités, et je me promis, si je parvenais un jour à quitter *Wuthersfield* vivante, de donner une sépulture décente à cette pauvre créature. Cependant, le mur achevait de s'écrouler, la cavité s'avérait assez large pour permettre à Rosie et à moi-même de nous y infiltrer. Selon mon plan, nous devions aller nous cacher dans l'une des chambres désaffectées, d'où nous pourrions surveiller l'entrée du manoir, et si, comme je l'espérais, celle-ci n'était pas gardée, il ne nous resterait plus qu'à nous glisser dans les escaliers pour la franchir. Evelyn et Arthur nous croyaient enfermées, ils ne se douteraient pas que nous avions pu sortir par le placard. J'allai revêtir une cape chaude, donnai à Rosie un vieux manteau, et je la fis passer la première par la brèche. Je l'entendis essayer de tourner le loquet du placard, sans y parvenir, pousser le battant... Je ne pouvais me résoudre à y croire : la porte était fermée !

Un gloussement rauque et moqueur nous parvint, et l'instant d'après Arthur s'introduisait dans la chambre, projetant avec violence Rosie qui alla tomber plus loin.

— Je vous ai attendues toute la matinée ! lança-t-il. Je vous entendais vous agiter là-dedans...

Il dut s'interrompre, je lui faisais face, le tisonnier brandi devant son visage.

— Sortez, ordonnai-je, ou je vous tue !

— Oh ! oh ! répliqua-t-il, la colère vous va bien, sorcière !

Il me saisit le poignet, me le tordit avec aisance et le tisonnier tomba. A cet instant, la porte fut ébranlée avec violence ; il alla écarter le fauteuil et Evelyn entra.

— Je suis arrivé à temps ! lança-t-il en lui montrant la brèche. Fameux travail, hein ?

Evelyn eut à peine un regard pour la cavité.

— Nous n'avons pas de temps à perdre, Arthur ! Attache les deux filles et bâillonne-les !

Il la considéra d'un air ahuri, mais elle trépigna.

— Allons, fais ce que je te dis ! Sers-toi des draps ou de n'importe quoi d'autre !

Elle alla au lit, arracha les draps et la housse des oreillers, les lui jeta.

Sans un mot, il me fit de force m'asseoir sur une chaise à haut dossier, maintint mes mains derrière mon dos et, se servant d'un long morceau de toile déchirée, il m'entoura étroitement le corps et m'attacha à la chaise. Il fit de même avec Rosie, qui, sans défense, se laissa faire. J'en étais sûre, notre dernière heure était arrivée... Evelyn vérifia la solidité des nœuds et des bâillons.

— Pourquoi toutes ces précautions ? demanda Arthur.

— Il y a un visiteur, en bas...

Un visiteur !... Il ne pouvait s'agir que d'un ami ! Nous aurait-elle réduites à l'immobilité et au silence s'il en avait été autrement ? Mais qui donc était là ?... Jack Combs ? Malcolm ?... Je n'osais y croire.

Arthur et Evelyn sortirent, le silence se rétablit autour de nous. De toute façon, je ne devais pas m'abandonner à trop d'optimisme, Evelyn était assez ingénieuse pour expliquer mon absence, prétendre que j'étais malade et alitée, ou, mieux encore, que j'avais quitté *Wuthersfield* pour un séjour à Torquay, ou à Bournemouth, afin de rétablir ma santé ébranlée par mon deuil cruel. Non, ma seule chance était de signaler ma présence à ce visiteur inconnu, mais comment y arriverais-je ? Je commençai à tenter de me dégager de mes liens en m'agitant en tous sens, mais Arthur avait bien travaillé et j'en fus rapidement quitte pour des douleurs cuisantes aux poignets et des crampes dans les épaules. Je m'aperçus alors que Rosie s'occupait activement, dans le même but que moi, mais elle était plus agile, plus nerveuse, elle avait une infinie patience et ne renoncerait pas aussi aisément. Je l'observais avec fascination. Elle cherchait avant tout à se libérer de son bâillon, étirait sa tête et son cou, mordait, déchirait, et j'aurais voulu hurler pour l'encourager... Enfin, elle réussit ! Du regard je lui disais : « Crie ! Mais crie donc ! »

Elle ne dit rien, se mit à frotter ses poignets contre le dossier de la chaise. De grosses gouttes de sueur coulaient de son front, elle haletait. Elle n'y parviendrait jamais !... Pourtant, oui, le lien de toile tomba et un instant après elle se penchait sur moi pour me libérer. Dès que ma bouche fut dégagée, je l'ouvris pour crier, mais d'un geste rapide Rosie m'empêcha de le faire.

— Pas la peine, m'dam', dit-elle, personne ne pourrait nous entendre. Il vaut mieux aller à la fenêtre, essayer de voir qui est là, et appeler en nous y mettant toutes les deux !

J'étais libre, enfin ! Nous précipitant à la fenêtre, nous aperçûmes avec désespoir, dans les derniers rayons du soleil couchant, une ombre grise qui s'amenuisait sous les arbres de l'allée, et dans l'air glacé le claquement des sabots d'un cheval alla en diminuant. Nous hurlions comme des folles, nous agitions frénétiquement les bras, penchées au risque de tomber, mais en vain. Je distinguai un dernier éclair gris au loin, puis il n'y eut plus rien. Le mystérieux visiteur était reparti... On ne nous avait pas entendues. Sauf, peut-être, Evelyn et Arthur ? Cependant, rien ne bougeait dans la maison, nos cris ne paraissaient pas les avoir alertés. Sans doute se tenaient-ils dans la bibliothèque, ou dans le salon ; compte tenu de la disposition des lieux il était difficile de percevoir là le moindre bruit venu de la fenêtre de ma chambre. Accablée, je refermai la fenêtre. Cependant, et parce que l'espoir ne disparaît jamais tout à fait du cœur de l'homme, j'entrevis la possibilité de nous ménager une chance ultime.

— Rosie, dis-je, nous devons nous attacher

mutuellement, de manière que si Arthur et Evelyn montent ils nous trouvent ainsi. Commence, toi, parce qu'ils me surveillent plus étroitement. Fais en sorte que j'aie vraiment l'air ligotée, serre le bâillon. En ce qui te concerne, peu importe : ils ne vérifieront pas.

Elle m'écoutait, attentive, persuadée que j'avais en tête un plan bien précis alors que je ne savais trop à quoi pourraient nous servir ces précautions.

Au bout de quelques minutes j'étais à nouveau attachée, bâillonnée, et Rosie était assise sur sa chaise avec ses pseudo-liens serrés entre les mains. Elle avait compris qu'elle devrait mettre à profit la moindre occasion de s'enfuir et d'aller appeler à l'aide à Lyleton.

Peu à peu les ténèbres envahissaient la chambre, la pendule égrena six coups, les meubles prirent des formes étranges ; le sifflement du vent nous parvenait.

Cette attente dans le noir était affreuse.

Une demi-heure s'écoula encore, puis la porte s'ouvrit et Arthur entra, porteur d'un plateau chargé d'assiettes.

— Je vous apporte à dîner ! s'écria-t-il en refermant la porte derrière lui d'un coup de pied.

La démarche hésitante, il s'approcha de la commode sur laquelle il déposa le plateau, se retourna et nous considéra.

— Vous ne pouvez pas manger, c'est vrai, bafouilla-t-il d'une voix empâtée par l'alcool.

Il se traîna vers moi, ôta mon bâillon et défit mes liens avec des doigts qui tremblaient, et dès que je me sentis libre je me précipitai avant lui vers Rosie pour la dégager, afin qu'il ne s'aperçût pas de notre subterfuge. Il me regardait faire, vacillant sur ses jambes, si bien imbibé d'alcool qu'il ne soupçonna rien.

— Et main... maintenant, soyez... hic !... sages ! dit-il avec un hoquet.

Il tituba jusqu'à la porte, disparut et nous l'entendîmes fourrager dans la serrure avec la clé.

— Je n'ai pas eu le temps de m'échapper, m'dam', geignit Rosie. Et il a refermé ! Enfin, ça ne fait rien, il reste la fenêtre ; en m'accrochant au lierre, je pourrais descendre... Oh ! regardez, m'dam', ça sent bon !

Tout en parlant, elle s'était approchée du plateau et humait les plats.

— Il vaut mieux ne pas manger, dis-je nerveusement. Ce serait bien dans les façons d'Evelyn Cates de nous allécher avec un bon repas qui nous empoisonnerait.

Désolée, Rosie se frictionnait l'estomac sans quitter du regard les pommes de terre persillées, les tranches de rosbif juteuses, mais elle obéit. Moi aussi j'avais faim !... Nous nous contentâmes d'un peu d'eau du pichet. Quand Arthur était entré, il portait si maladroitement le plateau qu'une fourchette en était tombée. Machinalement, Rosie se dirigea vers la porte pour la ramasser, et, d'un geste tout aussi mécanique, elle essaya de tourner le bouton. Elle se roidit de surprise.

— Ça, alors, m'dam' ! s'écria-t-elle. Il a oublié de fermer !...

— Cet ivrogne ne savait plus ce qu'il faisait ! Mais quelle chance ! Vite, mets ton manteau et viens !

Tapies contre le mur, nous nous confondions

avec les ombres tandis que nous progressions dans le corridor en direction de l'escalier. La maison était froide, lugubre ; un silence anormal y régnait, comme si elle avait attendu son moment, avec patience. Un vague instinct m'avertissait qu'un nouveau piège nous était tendu, mais je ne pouvais me résigner à rester dans ma chambre, à attendre que s'accomplît le destin ! J'étreignais la main moite de Rosie... Nous descendions marche après marche, sans les faire craquer. Mon cœur battait à se rompre. La nuit était claire, des rayons de lune se glissaient par l'une des fenêtres et dessinaient un halo sur le sol de pierre du hall. Plus que jamais, les lieux me paraissaient hostiles. Nous avions toutefois presque atteint, miraculeusement, la porte d'entrée, quand soudain une lampe clignota et m'éblouit. Sidérée, je vis les yeux brun-jaune d'Evelyn fixés sur moi.

EPILOGUE

— Ainsi vous partez déjà ? dit Evelyn d'une voix obséquieuse. Et Rosie aussi...

Trop stupéfaite pour ressentir encore de la peur, je la vis ouvrir toute grande la porte d'entrée. Au-delà, dans la cour, le cheval, attelé à la voiture, attendait. Evelyn souleva une valise qu'elle me tendit, l'air prévenant.

— Tenez, j'ai pris l'initiative de préparer quelques-unes de vos affaires personnelles. Bon voyage !

Dans sa voix, j'avais perçu de l'ironie.

— Mais... pourquoi ce revirement ? articulai-je, les lèvres sèches.

Elle avait dû manigancer un plan diabolique, j'en étais sûre. Toutefois, la vue du cabriolet, tout proche, était rassurante...

— Pourquoi ? répliqua-t-elle avec amabilité. Mais voyons, vous aviez bien dit que vous vouliez partir ?

— Je suis certaine qu'Arthur est embusqué quelque part.

— Arthur ? Oh ! (Elle éclata de rire.) Cet ivrogne est en train de parfaire son état dans la cuisine... Voyez-vous, il s'agit seulement d'un changement d'humeur de ma part.

Je commençais à me demander si la visite qu'elle avait reçue n'était pas à l'origine de ce changement d'attitude.

Je serrai fort la main de Rosie et d'un élan franchis le seuil. La porte se referma derrière nous, mais j'avais eu le temps d'entendre Evelyne ricaner, et mon sang se figea dans mes veines.

Le cheval s'élança au petit trot dans l'allée. La nuit était belle et tranquille, j'aurais dû me sentir heureuse, mais je ne pouvais admettre l'idée qu'Evelyn avait dit la vérité, et, prête à toute éventualité, je serrais le manche du fouet dans ma main.

A présent nous roulions à vive allure, le cheval avait pris le galop. Nous étions presque parvenues à l'extrémité du chemin quand des lumières apparurent devant nous. C'étaient des torches, portées par des fermiers. J'arrêtai le cheval.

— Papa est là ! s'écria Rosie.

Je regardai mieux et, en effet, je vis que l'homme qui guidait les autres était le père de Rosie. Il s'avança vers le cabriolet, saisit sa fille à bras-le-corps et la déposa par terre en disant d'un ton courroucé :

— Allez, ouste ! Descends de là !

Derrière moi, quelqu'un lança :

— C'est elle ! C'est la sorcière de la lande !

Alors je fus prise de terreur.

Tous s'étaient massés autour de moi, le visage menaçant, et secouaient la voiture. J'essayai de crier, mais ma voix fut étouffée par la clameur...

— Sorcière ! Sorcière !

Une main agrippa le bas de ma jupe, un homme m'attira, un autre m'enleva mon fouet. Je criai encore, puis je basculai de mon siège.

Une voix s'éleva au-dessus du tumulte :

— Attendez !... Faisons exactement ce qui a été décidé !

C'était le père de Rosie qui parlait. On me relâcha, je me trouvai face à lui.

Rosie, le visage couleur de cendre, nous dévisageait l'un et l'autre, l'air épouvanté. Elle se débattit pour se dégager mais il l'a maintint fermement, la poussa de côté.

— Tiens, Cleor, ramène la petite à la maison !

Elle se débattit encore, protesta violemment ; il la gifla.

— Laissez-la ! hurla Rosie. Ce n'est pas une sorcière !

Un jeune homme vint l'empoigner par le bras et l'entraîna, sanglotante, éperdue. Mon cœur scandait un rythme infernal. Je tentai de me dominer, de parler avec calme :

— Pourquoi m'attaquez-vous ? Je n'ai rien fait de mal...

— Vous trouvez ?... Vous pouvez faire des rêves qui se réalisent, prédire l'avenir, et tuer un chien rien qu'en le regardant... Si c'est pas de la sorcellerie, ça !... Et pour le cas où ça ne serait pas suffisant, vous avez ensorcelé ma Rosie ! Sans vous, jamais elle n'aurait quitté la maison !

Un autre homme, que je ne connaissais pas, intervint :

— Tu l'as envoûtée, tu fais commerce avec le diable !... Et le capitaine, un solide gaillard pourtant, il n'est pas mort de maladie ! Tu lui avais jeté une malédiction !

— Mais c'est faux ! C'est faux !

— Et nos récoltes, alors ?... Et nos champs qui pourrissent depuis l'été ? Jamais on n'avait vu ça avant !

Je tentai encore, misérablement, de protester :

— Bien avant que je ne vienne à *Wuthersfield,* il y a eu de mauvaises années, des récoltes perdues...

— Allez, ne vous fatiguez pas ! conclut le père de Rosie. De toute façon vous êtes la petite-fille de la sorcière de la lande, et on sait bien qu'elle vous a appris à jeter des sorts ! Madame Cates nous l'a bien dit, elle ne mentait pas ! Et maintenant, vous allez devoir répondre de tout ça !...

C'était donc là le piège tendu par Evelyn... Elle avait répandu sur moi ces bruits absurdes, qui sur ces êtres primitifs avaient eu la portée qu'elle espérait. Je comprenais que j'étais perdue. Ils avaient dû se réunir en secret pour prononcer ma condamnation, ils allaient me mettre à mort sans que personne au monde ne pût intervenir, car nul ne saurait rien...

Quelqu'un demanda :

— Qui a les vêtements ?

— Moi !

Un gros homme fit son apparition, sortant du cercle obscur pour s'approcher des porteurs de torche. Il tenait sur un bras des haillons, et d'une main brandissait un masque. Soudain, la vérité, abominable, éclata dans mon cerveau : c'était le jour de Guy Fawkes !... Et les paroles d'Evelyn me revinrent en mémoire : « Cela s'accomplira sans mon intervention... » Et son ricanement, lorsqu'elle avait refermé derrière moi la porte de *Wuthersfield*... Tout était clair, je savais du moins comment j'allais mourir.

Intelligente Evelyn, rusée Evelyn qui avait su exploiter la calomnie, la superstition, la méfiance de ces pauvres gens envers les étrangers... Et tout, jusqu'aux moindres circonstances de ma vie passée, avait concouru à la réussite de son plan. De plus, elle avait eu l'ingéniosité d'y faire entrer la célébration d'un vieux rite populaire : trois siècles plus tôt environ, un homme avait voulu mettre le feu au Parlement, et il avait été pendu, et le 5 novembre de chaque année, depuis lors, on brûlait Guy Fawkes en effigie dans toute l'Angleterre. Voilà le sort qui m'était réservé ! Personne ne saurait rien, et si l'on interrogeait Evelyn sur ce que j'étais devenue, elle répondrait seulement que j'avais quitté *Wuthersfield* et qu'elle était sans nouvelles de moi. Rosie, tenue à l'écart, ne se douterait même pas de l'horrible vérité. Je voulus encore hurler, mais on m'enfonça un chiffon dans la bouche, on m'arracha mon chapeau, ma cape, ma robe ; de rudes mains maladroites me revêtirent d'une espèce de blouse. Enfin, quelqu'un appliqua le masque sur mon visage. Maintenant j'étais sans réaction, je savais que rien n'empêcherait la sentence d'être exécutée. Une morne résignation s'emparait de moi ; j'étais en quelque sorte presque soulagée que cela finît. Je ne pensais pas encore à ce que serait la douleur quand les flammes lécheraient mon corps. On m'attacha solidement à un pieu, puis on me souleva très haut, par-dessus la foule. A travers les fentes du masque je regardais le spectacle qui se déroulait à mes pieds, comme s'il ne se fût pas agi de moi. Les têtes et les épaules roulaient comme une marée, un lac de flammes ondulait au niveau des torches. Un cahot jeta ma tête rudement contre le pieu, et je dus perdre un instant connaissance. Quand je rouvris les yeux, je vis que l'on était au flanc d'une butte. Au loin rougeoyaient les feux de joie des autres hameaux. Le vent s'infiltrait sous mon masque et enroulait autour de mes jambes la grossière étoffe de la blouse.

La marche s'interrompit. Il me sembla que la terre et le ciel chaviraient dans les flammes : on venait de planter le pieu auquel j'étais liée au centre d'un bûcher.

J'adressai une prière à Dieu tandis que mes yeux, sous le masque, s'inondaient de larmes. Est-ce que mon cœur, par la grâce du Seigneur, n'allait pas se rompre avant que ne s'accomplît l'abominable holocauste ?... O mon Dieu ! O grand-mère ! Grand-mère, aide-moi !... Le muet cri de détresse montait en moi quand des clameurs me firent redresser la tête qui s'était affaissée sur ma poitrine. Des gens escaladaient la colline, certains étaient masqués, ils poussaient des cris stridents, excités. La foule à présent se pressait autour du bûcher.

Une voix cria :

— Je peux allumer ?

— Vas-y, Charlie ! Oui, allume !

Un instant de silence... A mes pieds, un faible crépitement, puis une étincelle qui jaillit, et une longue clameur de joie.

— Meurs, Guy Fawkes ! Meurs !...

Des chants frénétiques s'élevèrent...

Je ne pouvais plus détacher mon regard de cette petite flamme qui tournoyait, s'enroulait d'une brindille à l'autre, s'enflait, grandissait... Brusquement, les chants s'interrompirent. Et la flamme, qui avait dû rencontrer une branche humide, s'éteignit. Quand je levai les yeux, je vis deux hommes qui parlaient fiévreusement avec le père de Rosie. L'un d'eux se retourna et je mordis mon bâillon. Impossible, ce ne pouvait être Malcolm ?... Mais oui, c'était lui ! J'étais sauvée !

Malcolm leva la tête, me regarda, se détourna pour échanger à nouveau quelques mots avec l'homme, et je crus mourir de désespoir : il ne pouvait m'avoir reconnue, il ne pouvait pas savoir que sous ce grotesque et tragique déguisement il y avait quelqu'un !... Je n'étais que le mannequin de Guy Fawkes !...

Son compagnon, à son tour, me dévisagea, et je m'aperçus que c'était Colby ! Lui me fixait avec une grande attention ; allait-il se rendre compte de la situation ?... Des larmes de détresse coulèrent sur ma joue, je rejetai violemment la tête en arrière, pour qu'il me vît bouger... Et tout à coup j'entendis une clameur. Comme je perdais une nouvelle fois connaissance, je sentis que l'on arrachait mes liens... Des bras protecteurs m'emportèrent...

Malcolm m'avait allongée dans sa voiture, il m'obligea à boire un peu d'eau-de-vie. Par bribes je lui racontai mon affreuse histoire. Il me dit alors qu'Evelyn et Arthur allaient être traduits devant un tribunal et que ma déposition et celle de Rosie seraient accablantes pour eux.

Je ne voulais à aucun prix retourner à *Wuthersfield* et le lui dis.

— Ce n'est absolument pas utile, m'assura Malcolm, j'ai retenu pour vous une chambre confortable au *Faisan doré*. J'y serai près de vous...

Il me sourit avec tendresse ; je lui pris la main et lui demandai de me raconter comment il avait tout su.

— Quand j'ai appris la mort de Richard, je vous ai écrit une lettre...

— Je ne l'ai pas reçue !

— Evelyn a dû s'en emparer ! Donc, ne recevant aucune réponse, je supposais que vous étiez toujours fâchée contre moi et décidai d'aller vous demander un entretien. Le pire qu'il pouvait m'arriver était que vous me claquiez la porte au nez... Je suis arrivé à *Wuthersfield* dans l'après-midi, et Evelyn m'a affirmé que vous étiez partie, mais qu'elle ignorait où.

— J'étais dans ma chambre, ligotée et bâillonnée.

— Je sais, pauvre chérie... (Il me caressa la main.) Mais ce départ subit, vers une destination ignorée de tous, me parut étrange. Au retour, je fis halte au *Pendulum* pour me rafraîchir et là je rencontrai Colby. Nous avons bavardé, je lui ai dit que je revenais à l'instant de *Wuthersfield* et que j'étais inquiet à votre sujet. Il a hoché la tête. « Ils font une drôle de paire, ces deux-là ! s'est-il écrié. Cette absence, que personne n'explique, et puis la mort du capitaine, tout ça n'est pas clair ! Le capitaine, pensez donc, il était taillé pour vivre cent ans ! » Je lui ai demandé alors si quelqu'un pouvait nous fournir quelques renseignements, un domestique, par exemple. Il a mentionné Rosie. Nous sommes partis à sa recherche, ce qui a pris un certain temps. Lorsque nous l'avons découverte, elle nous a fait ce terrible récit : Evelyn, après vous avoir tenue prisonnière, vous avait relâchée, et la dernière fois qu'elle vous avait vue, son propre père vous menaçait, au milieu d'une foule en fureur. Elle nous a indiqué où nous devions nous rendre et nous sommes allés sur la colline où l'on avait préparé le feu de joie. Le père de Rosie, interrogé, a tout nié. Il a affirmé seulement vous avoir vue passer, vous dirigeant vers Lyleton dans le cabriolet. J'allais m'éloigner avec Colby quand celui-ci m'a fait remarquer, avec horreur, que jamais... il n'avait vu une effigie de Guy Fawkes remuer la tête... J'arrête, ma chérie, je vois que ces souvenirs vous éprouvent trop vivement, et d'ailleurs, le reste, vous le savez.

Je compris à son regard, à la pression de sa main sur la mienne, à quel point il avait eu peur pour moi.

On exhuma le corps de Richard, on découvrit des traces d'arsenic dans ses cheveux et ses ongles. Evelyn essaya de m'imputer ce crime, mais Arthur, que l'on avait questionné séparément, avait déjà tout avoué. Ils furent condamnés à une lourde peine de prison, mais les juges furent plus sévères envers Evelyn, instigatrice du crime. Le Dr Lovell, pour sa complaisance coupable, fut interdit de professer et on lui infligea même une peine de prison.

La terrible ironie de ce drame me fut révélée par Malcolm qui s'était chargé d'une enquête : l'héritage des Beckwitt, qui avait fait d'Evelyn une meurtrière, s'élevait en réalité à un peu plus de cent livres ! Ce fut pourquoi sans doute les avoués qui devaient régler la succession n'avaient pas fait de grands efforts pour me retrouver. Malcolm me conseilla de déposer une plainte contre le père de Rosie et les autres forcenés, mais je m'y refusai : la seule faute de ces gens-là était de rester attachés à de stupides croyances. Malcolm me trouva trop généreuse, mais je lui fis remarquer que, les eût-on condamnés à la prison, ils n'en seraient pas sortis plus sagaces. Et puis, je souhaitais ménager le père de Rosie, à qui je voulais demander une faveur.

— Une faveur à cette brute ? s'écria Malcolm. Et quoi donc ?

— Rosie elle-même... Oui, je voudrais qu'elle devienne ma pupille, pour l'arracher à la misère et me charger de son éducation.

Malcolm doutait que ce fût raisonnable, mais j'étais sûre que je n'aurais pas à le regretter.

Le père de Rosie, comme je m'y attendais un peu, refusa tout d'abord de me confier sa fille, mais je fis une sorte de chantage, dans l'intérêt de la petite, en lui suggérant que je pouvais encore le poursuivre en justice... Naturellement, il finit par accepter. Rosie débordait d'enthousiasme, mais, aujourd'hui encore, je pense que ce fruste individu croit que l'âme de sa fille est liée au diable par un pacte !...

— Où irez-vous à présent ? me demanda Malcolm lorsque le procès fut terminé et que j'eus donné aux pauvres restes de Gwendoline une sépulture décente. Vous venez de clore à jamais la porte de *Wuthersfield.*

— Je pense retourner à Byrnne, et faire ce

que j'avais un jour envisagé : reconstruire la petite maison de grand-mère.

— Alors, Zillah, je crois que nous voyagerons ensemble !

— Ah oui ? Vous ne rentrez donc pas directement à Londres ?

— Je ne vais plus très souvent à Londres depuis quelques mois, car je surveille d'importants travaux de réfection à *Moorsend Manor.*

— En effet, je me souviens que vous y aviez fait allusion...

— Quand tout sera achevé, vous ne reconnaîtrez rien.

Après un temps d'hésitation, Malcolm poursuivit :

— Il est certain que la maison est beaucoup trop vaste pour un homme seul, mais... je compte me marier.

Je poussai une exclamation étouffée, et je me demandai pourquoi cette déclaration suscitait en moi un curieux sentiment de déception et d'amertume.

— Vous avez donc rencontré une femme qui vous plaît ?

— Elle me plaît, cela, je peux vous l'affirmer !

— Une femme de Londres, j'imagine ?

— Oh non ! Je l'ai rencontrée il y a longtemps déjà. Elle regardait quelqu'un à l'intérieur d'une maison, appuyée sur le rebord de la fenêtre comme une petite curieuse...

— O Malcolm !...

J'éclatai d'un rire joyeux. Ainsi, Richard avait raison.

— Et... êtes-vous sûr qu'elle acceptera ?

— Peut-être pas tout de suite ; c'est encore un peu tôt, n'est-ce pas ?

Il s'empara de ma main, se pencha pour y déposer un baiser, mais se ravisa. Il était rouge jusqu'aux yeux.

En effet, et il le comprenait bien, le souvenir de Richard était encore trop présent à mon cœur et à ma mémoire. Mais, je savais que ma douleur s'apaiserait avec le temps, que j'apprécierais de plus en plus Malcolm.

En fait, je devais m'apercevoir un jour que je l'aimais, non point d'un amour aussi puéril et exalté que celui que j'avais porté à Richard, mais avec une profonde tendresse, celle d'une enfant devenue enfin adulte.

*
**

Nous étions mariés à présent, et j'étais revenue chez moi, sur la lande. Je veux dire par là à *Moorsend Manor,* cette maison qui me revenait en quelque sorte, et nous y étions heureux.

Rosie était en pension chez Mlle Young, elle venait nous voir pendant les vacances, elle devenait une charmante jeune fille.

Nous apprîmes que le revêche et rébarbatif Colby, célibataire endurci s'il en était, venait d'épouser la patronne d'une taverne, une veuve qui habitait à Leeds. Cela nous stupéfia, de même que la sympathie des habitants de Byrnne à notre égard. Peut-être Jack Combs, disparu depuis, avait-il eu raison : les gens du village estimaient ma grand-mère. Quoi qu'il en soit, les vieux s'en allaient peu à peu et le souvenir des conflits passés allaient avec eux sombrer dans l'oubli. Il n'y aurait plus personne pour parler de la « sorcière de la lande ». Quant à moi, toute à mon nouveau bonheur, je songeais à inventer des histoires d'un genre bien différent pour les raconter, plus tard devant le foyer, à mes petits-enfants.

FIN

Achevé d'imprimer
le 25 mai 1978
sur les presses
de l'imprimerie Cino del Duca,
18, rue de Folin, à Biarritz.
N° 225.

Dépôt légal n° 385. 2e trimestre 1978.